Mitsuru Inoue
井上みつる
Illustration
平井ゆづき
天空の城をもらったので
異世界で
楽しく遊びたい
The Heavenly Castle
I want to play happily because I got....
1

A1
？
メーア

エイラ
タイキ
すると、セクハラマシンに
表示された全データがビッシリと現れる。
「わ、私の……くぅ……」
どうやら、この世界でもスリーサイズは
数字だけで意味が通じるらしい。

「ど、どうでしょうか」
「……ずるい。一番大きい」
――プールにて

Heavenly
1
天空の城をもらったので
異世界で楽しく遊びたい
Presented by 井上みつる
Illust. 平井ゆづき
Castle

1

天空の城をもらったので
異世界で楽しく遊びたい

CONTENTS

序章	どうせ異世界転移するなら……	003
第一章	天空の城	012
第二章	第一村人	038
第三章	帝国という存在	084
第四章	初めての獣人	101
閑話	天空の城での日々	141
第五章	戦争への介入	154
第六章	戦争が終わり……	196
閑話	戦争時のメーア達の驚愕	221
最終章	ある行商人	233
番外編	タイキの自室生活	251
番外編	ラントとA1	260
番外編	バルトの孤独とメーア	266
番外編	島の不思議	272

the heaven castle

序章

どうせ異世界転移するなら……

Heavenly Castle

まるで濃霧に包まれているのかと錯覚するような、真っ白な空間。壁が何処《どこ》かにあるのかも分からない、何処までも真っ白な世界だ。

地面も真っ白だが、自分の影があるので床は間違いなくあると分かる。ただ、裸足《はだし》で直接立っているのに、地面の感覚は足の裏に小さな圧力を感じる程度だ。地面の材質どころか、硬さもいまいち分からない曖昧な感触に、これは夢に違いないと薄《う》っすらと思った。

だから、目の前にいつの間にか人が立っていても、それほど焦らずに済んだのである。

「うわ」

「……？　おや、あまり驚いていませんね？　普通はそれなりにパニックになったりするものなんですけど……」

故に、いきなり現れた筈《はず》の人物の方が困惑するという現象が起きたのだった。そんな出会いの下、改めて謎の人物を観察する。

白いドレスを纏《まと》った金髪の少女だ。手足は長く指はほっそりとしていて可愛《かわい》らしい。まさに妖精と呼ぶに相応《ふさわ》しい神秘的な美貌である。

そして、その妖精のような少女の瞳は金色だった。少女は不思議そうに、されど興味深そうに俺の顔をマジマジと見る。

「面白い方ですね。夢か何かだと思っているようですが、これを見ても冷静でいられるでしょうか？」

可愛らしい少女は不敵に笑うと、両手を広げて胸を張った。

直後、少女の背に真っ白な翼が現れた。白鳥のような美しい白い翼だ。羽ばたきの音がすると同時に、周囲に白い羽が舞う。

羽をパタパタと動かし、こちらを見上げる少女。その様子に、俺は思わず笑ってしまった。

「おお、可愛い」

「ふぇ!?」

少女は仰《の》け反《ぞ》りながら変な声を発した。そんな少女に俺はまた笑う。

「それで、君は何者なのかな？」

そう尋ねると、少女は不服そうに口を尖《とが》らせた。

「……天使です」

「え？」

少女の声が小さくてあまり良く聞こえなかった。聞き返すと、少女は眉根を寄せてこちらに一歩歩み寄る。

「天使です。文句ありますか？」

何故《なぜ》かケンカ腰である。

「天使？　天使って、神様に仕えるミカエルとか、ラファエルとか、ガブリエルとかみたいな？」

そう口にすると、少女はこちらから目を逸《そ》らしてブツブツと何か呟《つぶや》いた。

「……皆、人間にも知られてるような有名人ばっかり口にするんですよね。こう、地下アイドルとか、地方の劇団員を応援しようみたいな気概が足りないんですよ。もうちょっと下位の天使とか、まだ名前が知られていない天使のことを知りたい、みたいな好奇心があっても……」

なにやら地雷を踏んでしまったらしい。

天使を名乗ったはずの少女が暗黒面に落ちてしまった。

「えっと、つまり下位の天使さんでしょうか？」

そう質問すると、少女は涙目で肩を怒らせる。

「中位の天使ですぅ！　大きな会社だったら部長さんですよ!?　結構偉いんですよ!?」

どうやら、少女は部長らしい。そうは見えないが、部下もそれなりにいるのかもしれない。というか、管理職的な雰囲気とはお世辞にも言えない。

と、俺の疑惑の視線を敏感に感じたのか、少女は頬を膨らませて地団太を踏む。

「信じてない！」

そう言って怒る天使。普通、天使という存在は穏やかな性格をしているのではないだろうか？

俺は苦笑しつつ、少女を宥《なだ》めようと口を開く。

「信じた、信じた。いや、信じましたよ。それで、その偉い天使様がなんで俺を？」

そう聞くと、少女はウッと呻《うめ》き、急に静かになった。

明らかにテンションが下がった少女が申し訳なさそうに眉を顰《ひそ》める。

「……も、申し訳ありません！」

と、これまでの対応が嘘《うそ》のように低姿勢な態度で頭を下げる少女。

「な、何？　何で謝るんです？」

そう尋ねると、少女は泣きそうな顔で上目遣いになった。

「……貴方《あなた》が死んだ原因は、私のミスなのです」

「ん？　死んだ？」

少女の台詞《せりふ》に、俺は首を傾《かし》げた。すると、少女は納得したように頷《うなず》く。

「ああ、気が付いていなかったのですね。急に死んでしまった人には時々起こる現象です。死ぬ瞬間の記憶が殆《ほとん》ど無いから、死んだ後も自分が死んだことに気が付いていないのです」

そう言われた瞬間、背筋を冷たい氷が滑ったような感覚に襲われた。

ヒヤリと、不安感や恐怖心といった感覚が背筋を走る中、頭の中に薄っすらと記憶が再生されていく。

仕事を終えての帰宅中、俺は暗い夜道を歩いていた。駅を出てアパートに行くまでの道のりだ。店などの明かりは駅の周辺ばかりで、そこから徐々に暗くなっていく道。

車が行き交い、家やアパートの明かり、自動販売機や街灯の明かりが、道を照らしている。

遠くにコンビニが見え、顔を上げた。

いつものように、アパート近くのコンビニで何か買ってから帰ろう。

恐らく、その時はそんなことを思った。

だが、不意に視界が揺らぎ、気が付けば俺の視線は地面に向いている。周りを見る気力も無いのか、間近で見るアスファルトだけが視界を埋め尽くしていた。

そして、俺の視界は暗く染まっていく。

そんな死ぬ瞬間の記憶を思い出し、俺は天使を名乗る少女を見る。

「……俺が死んだ原因が、天使のミス？」

少女の言葉を思い出してそう口にした。少女は浅く顎を引く。

◇◇◇

そんなこんなで根掘り葉掘り色々と聞いた俺は、少女を真っ直《す》ぐに見て口を開いた。

「城が欲しいです」

「へ？」

俺の台詞に、目の前の少女は美しい顔を斜めに傾けた。素で不思議なものを見るような目をこちらに向けている。

少女に願いを一つ叶《かな》えるので許して欲しいと言われ、俺の頭の中に浮かんだ願い事がそれだったのだ。俺の願いを聞いた少女は曖昧に笑いながら、口を開く。

「城が欲しいと言った人間は初めてですね。中には温かいスープが飲んでみたいなんていう切ない願いもありましたけど……」

そう言われ、俺は不敵に笑う。

「勿論《もちろん》、ただの城じゃないです。天空の城……そう、空を自由に飛行する天空の城です！　更に言うと映画天空の……」

「あぁ、はい。分かりました。ということは、防衛設備もあり、不思議な操作室もあり、ゴーレムみたいな番人もいる……」

「それです、それです。あ、でも滅びの呪文はいりません。寝言で間違えて言って城が崩壊したら笑えませんし」

笑いながらそう言うと、少女は何度か頷きながら俺の言葉を反芻《はんすう》した。

「ふむふむ……では、生活に必要なものくらいはサービスしましょうか。それで良いですか？　申し訳ないのですが、願いは一つだけですからね」

確認するように聞かれ、俺は深く首肯する。迷いの無い俺を見て、少女は苦笑しながら口を開いた。

「面白い人ですね。普通なら永遠の命とか一生無くならないくらいのお金とか、そういう方向のものが多いですよ」

「え？　そんなに俺みたいな人がいるんですか？」

少女の一言に思わずそう尋ねると、少女は俺から視線を外して乾いた笑い声を上げた。

「は、はは……いや、まぁ、その……数百年に一人くらい、間違えて……」

「あ、そんなもんですか」

俺がそう答えると、少女は涙目で俯《うつむ》く。

「でも、管理してる世界が十コ以上あるから、全体で見たら数十年に一人くらい……お陰で隠蔽に慣れちゃいましたよ……はは、堕天されませんように……」

そんな不穏なことを呟きながら、少女は天を向き、両手の指を胸の前で絡めた。

結局、少女と話をした結果、死んだ事実はもう捻《ね》じ曲げられないと宣言されてしまったのだ。

「なんだと、この野郎」と、怒ってみても生き返らせることは出来ないと言われ、かといってこのまま俺が死後の世界へ行くと少女のミスが発覚する。

だから、俺の魂を異世界に送り、そこで好きに生きてもらいたいということだそうだ。

いやいや、俺が違う世界に行ったら別の部分で帳尻が合わなくなるんじゃない？

そう聞くと、なんとも複雑な顔でそちらでも帳尻を合わせます、と言ってきた。

まさに、嘘が嘘を呼ぶ状態である。俺の予想だが、少女は近いうちに神様に嘘がバレて地獄行きになるであろう。

そんなことを考えながら少女の悩める顔を眺めていると、少女がこちらに顔を向けた。

「……悩んでいても仕方ありませんね。それでは、私なりに考える最高のお城を用意致しますので、新たなる世界をお楽しみください。あ、あちらで天寿を全うした際にはくれぐれも、神様にはご内密に……会うことは無いと思いますが、念の為《ため》」

「分かりましたってば」

「……軽いなぁ」

不安そうな顔でそう呟いた少女は、俺に手を向けて、そのまま腕を上げた。

足の下に感じていた地面の感覚が消え、ふわりと身体《からだ》が浮遊する居心地の悪さを感じる。

うわ、飛行機とか凄《すご》く苦手なんだけど……。

そんなズレた言葉が頭の中に浮かんだ。直後、俺の身体は紐《ひも》で引っ張り上げられるように、ひゅうっと浮かび上がっていく。

「それでは椎原大希《しいはらたいき》さん、お達者でー……」

呑気《のんき》な少女の声が遠くになっていき、下を見ると真っ白な空間の中で少女が豆粒よりも小さくなっていた。これまで感じていた重力の感覚も薄れていき、気が付けば水中に浮かんでいるかのような浮遊感が残る。

夢ならば凄い夢だ。しかし、これまで少女と話したこと、自分の死んだ時の生々しい記憶……そういった部分を加味すると、やはりこれは現実なのだろうと思われた。
もし本当に異世界に行くなら、正直ワクワクする。
ドラゴンとかいるなら見てみたいものだ。
俺はそんなことを考えながら、目を瞑《つぶ》った。

第一章　天空の城

Heavenly Castle

不意に肌を撫《な》でるような風を感じ、目を開けた。

地面に仰《あお》向《む》けで寝転がっているみたいだ。手には短い草が触れているような感触がある。

両手を地面につき、上半身を上げてみた。目を開けたばかりでぼんやりとしか見えないが、奥に明かりが見える。どうやら今は日陰にいるらしい。左右を見ると、幹の太い大木が等間隔に生えている。改めて上を見上げ、大木の枝と青々とした葉が日陰を作っていたのだと気が付いた。

ゆっくりと立ち上がり、正面に目を向ける。

木々が並んで道を作る先には、雲が幾つか浮かぶ青空が広がっていた。

何かに引っ張られるように自然と歩き出し、木々に挟まれた道を進む。

左右の木々が途切れた瞬間、俺の目の前に大空が広がった。

左右、何処《どこ》までも広がる青い青い大空だ。雲は目線の高さにもあり、自分が空の上にいると認識出来る。

程よい風が吹き、何処かから鳥の鳴き声が聞こえた。

「……すっげぇな」

余りにも雄大な景色にそんな感想しか出ない。一頻《ひとしき》り空を眺めてから視線を下げると、そこには

段々畑のような階段状の庭園が広がっていた。

所々に建物が見える庭園だが、一つ一つの段が広い。感覚が麻痺《まひ》してそうだが、一つの段差ごとにかなりの広さがあるように見える。

そして、庭園の奥はもう空だ。端に立つと切り立った崖のようになっていそうで怖い。

今度は来た道を振り返り、木々の隙間から左右を眺めてみる。すると、左右には真っ白な建物がこれまた傾斜に沿って建っているのが目に入った。建物の数はちょっとパッと見では数えられそうも無い。

自分のいる場所が一番高い場所なのだろうか。

そう思った俺は、来た道をズンズンと戻っていく。少々と言えないほど木がデカすぎるが、並木道のような道は暫《しばら》く続いた。

多分、二百メートルはあるだろう。

それだけ歩くと、ようやく並木道は終わりを迎え、目の前に景色が広がった。

「おお……！」

現れたのは白い壁の大きな城である。屋根は少し赤い茶色だ。壁は遠目からでも継ぎ目が見える石造りで、大きな縦長の窓が幾つもある。

屋根は一つでは無いのか、はたまた独立した塔が隣接しているのか。大きな広い屋根とは別に尖《とが》った屋根が何箇所か出ていた。

城は並木道から見てもまだ高い場所にあり、どうやら何度か折り返す坂道を登っていかなければならないらしい。

距離はありそうだが、見上げれば巨大な城があるのだ。

「よっしゃ、行くぞ」

そう呟《つぶや》くと自然と口の端も上がり、俺は意気揚々と城に向かって歩き出す。

それなりの勾配の坂道を登り切り城の目の前に立った俺は、改めて城の大きさに目を見張った。

城自体も大きいが、門も大きい。鋼鉄製にも見える頑丈そうな両開きの門だ。見事な紋様が形付けられており、縁は金色である。

豪華過ぎるほど豪華な扉だが、問題は人力では開けられそうに無いことだ。

俺は門を見上げて数秒考え、周囲に目を移した。シミ一つ無い真っ白な城の外壁が左右に延びている。やはり近くに門はこれ一つしかなさそうだ。

もう一度門を観察し、ふと、丸い取っ手のようなものがあることに気が付いた。金属製の大きな取っ手だ。

「……これを引け、と……?」

動くわけがない。そう思って取っ手を調べてみると、取っ手では無いことに気が付いた。

まさかのドアノッカーである。

半信半疑ながらも取っ手を持ち上げ、門に付けられた金属のプレートに打ち付ける。

低く重い音が響き、振動が手に伝わった。

「……開かないよな」

俺がそう呟いた瞬間、門は左右同時にゆっくりと城の内側に向けて開き始めた。

徐々に開いていく門を眺めながら城の中に足を踏み入れると、門の近くから順番に灯《あか》りがついていく。壁や天井、柱などに付けられたオイルランプだ。

「う、お……」

明るくなった城内の景色に、俺は言葉を失った。

城内は広く、天井は見上げるほど高い。丸いアーチ状の天井には、白い翼を持つ人間や鎧《よろい》を着た人間、ライオンに似た動物やドラゴンなどの絵が描かれており、不思議な雰囲気を醸し出している。

太く巨大な柱にも一つ一つに彫像が施され、金や銀を使った装飾も豪華《ごうか》絢爛《けんらん》である。床は天井が反射しそうなほど磨き上げられた綺麗《きれい》な石で出来ており、門から奥に向かって赤い絨毯《じゅうたん》が敷かれていた。

まるで映画の中に迷い込んだようだ。

と、そんなことを思いながら城の中を見回していると、無意識に開かれた門の内側の部分に気が付く。

「おぉ!?」

大きな人型の機械みたいなものが門の裏側に立っていた。高さは二メートル半から三メートルほどだろうか。ずんぐりとした体形はどこか愛嬌《あいきょう》があるようにも見える。

「お前が開けてくれたのか」

試しに話し掛けてみたが、反応は無かった。

「ありがとな」

とりあえず、それだけ言っておいて城内の探索に戻ることにする。

赤い絨毯に沿って歩いていくと、左右には扉が三つずつあり、正面には大きな円柱があった。

天井にまで伸びた円柱には扉らしき四角い線があり、俺が近付くと独りでに左右に割れた。

「自動ドア」

何と無く口に出してそう言うと、円柱の中へ入ってみる。白い床に白い壁で構成された丸い部屋だ。

真ん中くらいまで歩いて背後を振り返ると、自動ドアの横にパネルがあることに気が付く。銀色のパネルには白いボタンで一から五までの数字が書かれていた。

もろエレベーターである。

「やっぱり最上階でしょう」

そう言って迷うことなく五を押すと、自動ドアが閉まり、床がせり上がった。

音も無く上昇していく床に乗っていると、突然壁が透明になり、外の景色が見えるようになる。

高級ホテルのような廊下が伸び、左右にドアが続くフロアー。

薄暗いだだっ広い空間に、あのロボットが無数に並び立つ異様なフロアー。

四方に沢山の窓があり、陽《ひ》の光に包まれた明るい広間のあるフロアー。

と、十数秒程度の間に次々に途中の階の景色が流れていき、最後の階で床の上昇は止まった。

自動ドアが開くと、今までよりもかなり狭くなった空間が姿を現わす。薄暗くてイマイチはっきりしないが、ゴチャゴチャと色々な物がある部屋のようである。

エレベーターから降りると、自動で部屋の中に光が満ちた。

壁には巨大なスクリーンが四方合わせて四つあり、その下には謎の計器が幾つも並んでいる。手前から順番に机と椅子が二つ並び、それが四方合わせて八セットあるようだ。

「……あれ？　想像してたのと違う……」

俺は首を傾《かし》げながら手前の椅子に座り、机の上を見た。机の表面は画面になっているようで、黒くなっている。

指で触れると『フォン』という音が鳴り、黒い画面に文字が並んだ。

その中に気になる文字を見つける。

「下界カメラ……？」

文字を読みながら指を置いてみる。

次の瞬間、四方の壁にある巨大なスクリーンが青く染まった。

良く見れば青はうねっており、それが深い海を映し出しているのだと理解出来た。

四方のスクリーンはそれぞれの方向を映し出しているのだろう。

つまり、この城は大海のど真ん中に浮かんでいるのだ。

「海の上かぁ。面白いものは無さそうだなぁ」

俺がそんな独り言を呟いた直後、ちょうど正面のスクリーンに、黒い影が映った。

いや、魚影だ。

時折白い鳥らしき姿も見られる為《ため》、その魚影が異常な大きさだと分かる。

見たことが無いけれど、鯨とかだとこれくらい巨大なんだろうか。

そんなことを考えながら興味津々で観察していると、その魚影は丸くなり、突如として水飛沫《みずしぶき》を上げて水面を突き破った。

水を割って出てきたのは鋭い歯が不規則に生えたおぞましい見た目の口である。

その巨大な口はスクリーン一杯に広がり、目の前でバクンと閉じられた。

口を閉じた格好は、大きな丸い目が沢山あるアンコウのような姿だった。

「……なんか、ごめんなさい」

面白く無いと言ったことに腹を立てたアンコウがアピールしたようにも見えて、俺は一応スクリーンに向かって謝っておいたのだった。

◇　◇　◇

とりあえず、目の前のタッチディスプレイを操作すれば何か分かるに違いない。

そう思った俺は、一先《ひとま》ず気になる文字をタッチしていく。

「上空カメラ……うん、空ばっかりだよな。お、城外南？」

押してみると、巨大なスクリーンに分割されてあの庭園が映し出された。

様々な角度から庭園の各場所が映し出されており、上からだけでは見えなかったものも見えてくる。

「果樹園に、畑……あ、所々にあった建物、なんか家みたいだな」

畑や果樹園の横にある四角い建物は、人一人分くらいの大きさのドアが付いており、見た目は小さな住居に見えた。

他にも階段状になっている段差の間には小川が流れていたり、目立たないが細い線路のようなものもあるみたいだった。

暫く庭園の様子を眺めていると、これまで静かだった庭園に動きがあった。

あの小さな住居のドアが開かれたのだ。

そして、ドアの向こうから手足の細いロボットが姿を見せた。のっぺりと凹凸の無いロボット達《たち》は、ゆっくり庭園の中を歩き、小川に丸い管を引いて果樹園や畑に水を撒《ま》き始める。

手には何も持っていないようだから、恐らく体内にポンプがあり、あのホースの先から吸い込んだ水を手の先からシャワー状にして放出しているのだろう。

「もしかして収穫もしてくれたりして」

俺はそんなことを言いながら暫くロボットによる水撒きを眺め、画面に視線を落とす。

城外カメラのメニューには他にも東西北がある。南が庭園ならば、東と西はあの白い住居群だろう。

では北は何か。

文字を押してみると、そこにはこれまでとは違った景色が映し出された。

青である。一瞬海かと思ったが、どうやら違うらしい。

分割された画面の半数近くは青ばかりだが、他は白い床や住居、壁などが目に付く。

「プールか温泉、か?」

実際に見ないと分からないが、どうも屋外プールみたいな雰囲気である。建物もかなりの数がありそうだが、プールも随分と大きい気がする。

「ははぁ、空の上でも泳げるのか。至れり尽くせりだな」

画面を眺めながらそう言って、またタッチディスプレイを操作した。

カメラの項目だけでも随分と沢山ある。二階や三階も見てみようかと思っていると、急に電子音のような高い音が連続して鳴った。

目覚まし時計みたいだな。

そんなことを思って辺りを見回していると、四方のスクリーンが真っ黒に染まっていることに気が付いた。黒いスクリーンの真ん中に白い字で何か書かれている。

「……警報、接近する物体を感知。識別、脅威と認識？」

この城に何かが迫ってるってことか？

「……え？　ヤバいじゃん」

俺はそう呟くと、慌ててタッチディスプレイを見た。接近する物体とやらの姿を確認しようと思ったのだが、画面には先程までと違う文字が躍っている。

「防衛操作選択？」

画面にはカメラの項目と設備の操作内容が表示されている。

カメラの項目には既に島外西と島外南の二つが表示されている。

「まさか、両方から？」

俺は不安になりながら島外西の文字を押してみた。

すると、スクリーンに水平線で切り分けられた大空と海が広がる。その左端の方に、小さな点が見えた。緑色の何かが翼を広げてこちらに向かってきているようである。

大きな翼は分かるが、身体《からだ》の形状などはハッキリしない。ただ、鳥では無いことは間違いない。

「拡大したい。拡大は無いのかぁー、拡大は……」

俺はブツブツと呟きながら急いで画面に躍る文字から目的のものを探す。

と、カメラの項目の右側に詳細識別とあった。迷うことなくプッシュである。

すると、スクリーンの映像が真ん中左右に三分割され、一番左に先程の遠視の画面。真ん中は拡大された画面になった。右側は黒くなって何も無い。

「……お、おぉ！」

そして、真ん中の画面に映し出された映像に、俺は思わず感嘆の声を上げた。

巨大な翼を広げたその主は、大きく裂けた口と細い眼《め》を持っていた。口には大小様々な牙が並び、頭にも長いツノが生えている。

恐竜にも少し似たその姿は、俗に言うドラゴンという存在を連想させた。

「つーか、まじでドラゴンじゃん！　いやいやいや、これはヤバいんじゃない？」

そんなことを言っていると、スクリーンの右側の黒い部分に白い文字が浮き出てきた。

「……エメラルドドラゴン、推定八十歳。雄。体長十五メートル、翼開長四十メートル超。体重約五十トン。危険度Ａ」

すっごいドラゴン。本当にドラゴン。危険度Ａって基準が分からんっての。なんで何十トン単位の生物が翼で飛んでんだよ。

文句が湯水の如《ごと》く溢《あふ》れるが、すぐに冷静さを取り戻して画面に視線を戻す。

防衛という項目を押し、設備一覧が表示される。

「あ、自動防御結界とかいうのがオンになってる！　なら焦らなくても大丈夫、か？」

少し安心しつつも、念の為追い払う為の迎撃装置も確認した。

幾つか項目がある中で、気になるものを見つける。

「電撃？　よし、これを試してみよう」

そう口にして文字を押し、顔を上げてスクリーンを見た。

もう一番左の遠望画面に映るドラゴンはかなり大きくなっている。

と、次の瞬間、画面から目に焼きつくような白い光が溢れた。

「うわ」

顔を腕で覆って光から視界を守る。周囲を照らす光の明滅が終わり、恐る恐る顔を上げると、スクリーンの中で動きを止めたドラゴンの姿が目に入った。

ドラゴンは空中で背筋を伸ばしたような格好で停止していたが、やがて白い煙を全身から発しながらグラリと身体を傾ける。

ゆっくりと海へ落下していくドラゴンの様子を、俺は呆然《ぼうぜん》と眺める。

「……完全に雷じゃないの」

俺が小さくそう呟くと、スクリーンの一番右側の黒い部分に、新たな白い文字が流れた。

「対象の排除を確認……エメラルドドラゴンの素材を回収？」

淡々と表示される事後報告に、俺は乾いた笑いを発した。

ヤバい城を手に入れてしまった。

それから城内を見て回り、二階は高級ホテルのような部屋が並んでいることが分かった。ちなみに、真ん中ほどの場所にはレストランみたいな施設があった。

自動で料理が出ないかと思ったが、その辺りの機能は無いらしい。自炊してたから良いけども。

ちなみに三階はあのロボット達の部屋である。薄暗かったフロアーはエレベーターから降りると明るくなり、規則正しく大量に並んだ金属製のロボットは身動き一つせず、静かに前を見て立っていた。ただ、数が半端ではない。百や二百ではきかない数がズラリと並んでいるようだ。

そして、奥にはよく分からない部屋があったり、医療用の部屋らしき場所もあったりした。そこには天空の城がある飛行島の畑で採れる薬草などの資料もあったので、とりあえず持ち出して携帯している。

四階は広い舞踏会場といった雰囲気である。周囲を取り囲む縦長の窓はまるで何も無いかと思うほど綺麗で、縁には見事な装飾が施されている。

柱やフロアー内のステップ、作り込まれた天井に調度品など、どれも贅《ぜい》を凝らした代物だ。バーカウンターやピアノなども設置されているが、あまり活用出来そうに無い。

そして、外から城を見た時に不思議に思った塔である。あの塔のような建物は一階のフロアーから行けることが分かった。

一階のエレベーターに向かう途中にある左右の扉の向こう側にはそれぞれ広い部屋があり、その部屋の奥にまたエレベーターがあった。

そのエレベーターに乗ると、ボタンは一つしか無く、押すと最上階近くまで行ける。

エレベーターを降りて螺旋《らせん》階段を登ると、展望台のような部屋があった。石造りの床や壁で窓が等間隔に並んでいる。更に、その上の階にも行けて、そこはどうやら家具は無いが人が暮らせるような部屋であるらしい。

塔はどれも同じような設計のようである。

全てを見て回った俺は五階の操作室に戻り、改めて五階の探索をした。

どうやら、四階は他のフロアーより少し狭くなっていたが、五階はそれよりも更に狭いようである。

ただ、スクリーンのある壁には両開き扉があり、壁の向こう側に出ることが出来た。なんと外には城の外周をぐるりと囲むようにバルコニーがあるではないか。

外に出て、夜風を浴びながら空を眺めると、見たことも無いような星空が視界いっぱいに広がる。

「うおぉ……」

最新のプラネタリウムもかくやというほど全方位に広がる星空だ。流れ星なんてひょいひょい見つけられる。

周りに灯りが少ないからこその星空だろう。庭園も住居群もプール側も灯りは無い。城の中は明るいが、外には一階と二階、四階の窓からしか光が漏れていないのであまり関係が無いようだ。

城探索を楽しんだ俺は操作室に戻り、ぷらぷらと中を見て回った。

すると、エレベーターの裏側に、エレベーターと並ぶようにして細い螺旋階段があることに気が付いた。腰の高さほどの手すりが一本と、足を置く鉄板だけがあるシンプルな階段だ。遠目から見たらオブジェにしか見えないだろう。

「この上って、屋上？」

天空の城の屋根の上なんて物凄《ものすご》く怖そう。

俺はワクワクしながら螺旋階段を登ってみた。天井は螺旋階段の形に穴が開いており、真っ暗な空間となっている。

「屋根裏か？」

螺旋階段を登り切ると、また灯りが自動点灯した。

そして現れたのは、なんと俺の部屋だった。一人暮らしのワンルームアパートの一室である。

いや、少し広くなっているだろうか。十二畳だった部屋が、多分十五か十六畳ほどになっている。

「お、おお……！　なんと有り難い配慮！」

俺は思わず歓声を上げた。

壁には大きな本棚が並び、学生の時から集めていた漫画やライトノベル、ゲームソフトや映画の

ＤＶＤやブルーレイディスクが並んでいたのだ。

そして、シングルサイズのベッドと32インチのハイビジョンテレビ。ゲーム機は昔から人気のあるプラスチックステーションの二、三、四が仲良く並んでいる。

テーブルにはノートパソコンがあり、細い食器棚にはポットと電子レンジがある。

六十リットルの小さな冷蔵庫と炊飯器もあり、キッチンも備え付けられている。だが、何故《なぜ》か普通の安物だった洗濯機が最新式のドラム式洗濯乾燥機に変わっていた。あの天使は洗濯機に強いこだわりでもあるのだろうか。

「ん？」

部屋の入り口近くにあるドアは風呂場とトイレへの入り口だろうと思い、一応確認したのだが、ここでもサイズが少々変わっていた。

膝を少し曲げて入っていた湯船は二倍くらいに拡大しているし、トイレも簡易的な洋式トイレからウォシュレット完備の新しいタイプになっている。

「……天使様ありがとうございます」

俺は心の底から感謝の言葉を口にし、風呂に入ることにした。

しかも以前には無かった給湯機付きである。ただお湯を捻《ひね》るだけで丁度良い温度のお湯が出るのだ。なんて素晴らしい機能だろう。これは革命である。

心も身体もポカポカになった俺は、使い慣れたベッドで横になり、目を閉じる。

予想とはかなり違ったが、素晴らしきかな、城生活である。

おやすみなさい。

◇　◇　◇

冷暖房使い放題なので調子に乗って少しだけ涼しいと感じる室温にして寝てしまった。毛布一枚を身体に巻きつけ、ベッドの上をごろりと転がる。

天空の城を得て一週間。

ようやく空飛ぶ飛行島の中の住居や施設をあらかた見終わった。充実した設備は快適であり、何もしなくても飢餓も無く平和に暮らしていけるだろう。

朝はダラダラと映画を見たり、漫画を読んだりして寛《くつろ》ぎ、昼には色々と凝った料理を作ったりして楽しんでいる。

夕方にはまたお気に入りのゲームをして遊んだり、ライトノベルや時代小説などを楽しく読んだりしてだらけた。

まさに怠惰な生活の極みである。

「よし、今日の夜はちょっと凝ったことをしようかな」

そう口にして、俺は二階のレストランっぽい部屋に行き、大きな厨房《ちゅうぼう》に向かう。

こちらの方が自室のキッチンよりもシンクが広く、使いやすいのだ。食材や調味料が沢山あるというのも理由の一つである。

「ふんふんふーん」

下手な鼻歌を気分良く歌いながら、フライパンを片手に調理をする。

エリンギとベーコンをバターと黒胡椒《こしょう》で一緒に炒《いた》め、皿に盛り付ける。一方で、火にかけていた片手鍋の中ではたっぷりのオリーブオイルの中でニンニクがごろごろと転がっている。

それらを配膳台に載せて、更に氷を入れた入れ物の中にガラス製の容器に入った飲み物を幾つか突っ込んでいく。

「よし、行きましょうか」

ウキウキしながらそう言うと、配膳台を押してエレベーターに乗り込み、五階の操作室へと向かった。

そして、スクリーンの裏側の壁に取り付けられた両開き扉を開けて外へと出る。

視界いっぱいに広がるのは満天の星だ。何度見ても息を呑《の》むような美しい光景に笑みを浮かべ、バルコニーの端へと向かった。

そこには丸いテーブルと椅子が置かれており、その横に配膳台を止める。

いそいそと準備をしてから椅子に座り、氷で良く冷えた瓶ビールを取り出すと、栓抜きで蓋をポンッと外した。

グラスにビールを注ぎ、テーブルには用意した酒の肴《さかな》を並べる。

「乾杯」

そう言ってグラスを掲げて、満天の星を見上げてビールを飲んだ。

贅沢《ぜいたく》な時間だ。

カリカリに焼いたベーコンが美味《おい》しい。アヒージョも絶品である。

ビールを飲んだ後は白ワインである。すっきりとした辛口で、大変飲みやすい。ただ、銘柄には詳しく無いので名前は良く分からない。

時間も気にせずゆっくりと過ごし、エリンギを巻いたベーコンを口にした。

美味しい。

「……良いなぁ、毎日が日曜日」

そう呟いて笑い、明日は何をしようかなどと考える。

この楽しい時間がずっと続けば良いのに。

そんなことを思ってはまた笑う。まだこの時は、ただ楽しいだけだった。

◇　◇　◇

太陽が海に触れ、空が赤く染まる。

そんな幻想的な光景をぼんやりと眺めながら、俺はプールに浸《つ》かってホッと息を吐《つ》いた。涼しい風を感じながら入る温水は気持ちが良い。

カメラで確認したプールらしきものは温水プールであった。シャワーを浴びる建物が二つあり、どちらにもシャンプーやボディーソープなどが常備されていた為、俺はそこで身体を綺麗にし、風呂がわりに温水プールでゆったりしている。

夕陽《ゆうひ》を眺めていると、小型のワイバーンの群れが視界に入った。データによると、生後十年未満の小型のワイバーンは数十にも及ぶ群れで行動し、数の力で狩りを行うらしい。

小型と言っても翼開長二メートル以上あるので、鳥と同じ感覚で眺めていると馬鹿みたいに大きいが。

小型のドラゴンが何十体と聞いて最初は焦ったが、最近は良く見るようになったので落ち着いてきた。ワイバーンの群れはグングン俺の方へ接近してくるが、俺はプールに浸かったまま眺めているだけだ。

その距離はもうすぐ目の前である。

しかし、ワイバーンの群れは飛行島に到達する瞬間、見えない壁に衝突して弾《はじ》き飛ばされた。

何も無い筈《はず》の空間に、白い線による波紋が幾つも広がり、空を薄《う》っすらと白く染める。

防御用結界である。

調べてみたが、最上位のドラゴンのブレス一発分くらいは耐えられるという代物らしい。つまり、殆《ほとん》どの攻撃を結界だけで防ぐことが出来るのだ。

大型のドラゴンの群れが攻めてきたりしたらヤバイと思われるが、危険度C以下の若年層のワイバーン如きではヒビも入らない。

一部の勢いがつき過ぎて衝突したワイバーンがグッタリしながら海へ落ちていくのを眺めて、俺は溜《た》め息《いき》を吐く。

「……暇だ」

正直なところ、城探索は二週間で飽きた。漫画読んだりゲームしたりしてダラダラするのも一週間で飽きた。

「……というか、寂しい」

思わず、ボソリと呟く。

夕陽を見てセンチメンタルになっているわけでは無い。本当に、心の底から溢れた言葉である。

俺はプールを出てバスローブを羽織り、城まで戻る。自堕落極まりない格好だが、どうせ誰もいないのだ。

五階に上がり、タッチディスプレイの画面に触れた。項目の中から、遠方偵察の文字を選ぶ。

四方のスクリーンには海ばかりが表示され、流れるような速度で景色が変わっていく。

ここ三週間、定期的にこの機能を使って周囲を探索しているのだが、一向に陸地に着かないのだ。

この天空の城がある飛行島自体は速度を調整出来、最大で時速百キロほどの速度が出る。

飛行機などよりは遥《はる》かに遅いが、それでも時速百キロだ。日本を縦断するなら二日で行けそうな速度である。

最初は速度の変え方が分からなかったから仕方がないが、それでも時速百キロに変更して一週間。

一日が二十四時間ならば一日で二千四百キロという計算だ。

一週間で一万七千キロ近く一方向に進み続けているのに、何故陸地が見えないのか。

まさか、海しか無い世界ではなかろうか。

「あり得る……あの天使とやらはどうも天然ボケっぽかった」

俺は不安に押し潰されそうになりながらスクリーンを眺め続けた。

そして、スクリーンの中で薄っすらと見えた何かに目を細める。

「……ん？」

目を凝らしてみると、水平線に微《かす》かに、陸地らしきものが目に入った。

「キタァーッ！」

椅子が倒れる勢いで立ち上がり、思わず奇声を上げてしまった。

スクリーンの中で、陸地は徐々に大きくなり、奥に見える山らしき影もハッキリとしてくる。

間違いない。本物だ。ちゃんとした大地が映し出されている。

「頼む！　無人島なんてオチは止めてくれ！　ムサいオッサンでも良いから！」

そんな馬鹿なことを口走りながら両手を合わせて拝む。

ウッホウッホ言う原始人の場合はどうしようとか、そんな言葉が脳裏をよぎったが、それは考えないことにした。

暫くして、ようやく地上の様子が分かりそうなくらい映像がハッキリしてきた。

どうやら、海側は抉《えぐ》れたようになっている岸壁の崖らしい。随分と海面から高低差がありそうである。

遥か奥には頂上が尖った山々が連なっているようで、今のところ街などは見えない。

というか、崖と森と山しか見えない。

「船も無いのかなぁ」

そんな独り言を呟きながらスクリーンを穴が開くほど眺める。

一人暮らしが長くなってから独り言が増えたが、ここ三週間はいつも独り言を言うようになってしまった。

寂しさの弊害である。

と、そんな下らないことを考えていると、崖の上に何かを発見。

段々と近付いていく中、それが人工物であることが分かってきた。

四角い箱状のものである。どうやら横に大きな輪っかが付いているようにも見えた。

あ、馬がいる。

「馬車だ！」

俺は飛び上がって喜んだ。文明の発見だ。日記に書いておこう。

浮かれ過ぎるほど浮かれた俺は馬車を観察するべく立ち上がってスクリーンに近付いた。

ふむふむ、馬が小さくなければあの馬車は結構大きいぞ。馬車自体は少し地味だが、中々しっかりした作りに見える。

と、画面の中で馬がゴロンと横になるのが見えた。斜め上からの映像だから、何とも判断が難しい。

「馬ってあんな犬みたいな寝方するっけ？」

やはり馬では無く異世界の馬的な生物なのか。

そんなことを考えていると、森の方から馬が走ってきた。上には人が乗っている。

「おお！　鎧着てる！　格好良い！」

俺はスクリーンに向かって拍手をしながら声を上げた。馬車の向こう側には三頭の馬と、それに騎乗した三人の騎士の姿がある。銀色に輝く見事な鎧だ。手には剣も握られている。

映画のような光景だなぁ。

面白い見世物を見るような気分で観察していると、今度は馬車の横から人が飛び出てきた。

地味な茶色のスカートがヒラヒラしているので、女性だろう。目も覚めるような長い赤い髪を揺らし、女性は崖の縁を走っていく。

映画の中でも良くあるシーンだ。海辺を走る美女。良く映える映像だろう。

「崖の上なのが少しアレだけど」

そう言って苦笑し、腕を組んで眺めた。

だが、思ったより女性が本気で走っていることが気になる。

「あれは、アレだな。春先に露出狂に遭遇した時のドン引き走りだ。間違いない」

さてはあの騎士達は変態か？

我ながらそんなアホなことを考えていると、崖の端っこまで辿《たど》り着いた女性が背後を振り向いた。

剣を構えた騎士達が馬から降り、ジワジワと女性に向かって歩いていく。

「……おや？」

俺は想像と違う展開に首を傾げ、スクリーンを凝視した。もうカメラはかなり陸地に近付いており、場の雰囲気を映像越しにも感じさせてくれる。

何処かで見たこの構図、状況。

「って、火サスじゃねぇか！」

火曜のサスペンス劇場。常に犯人は崖に追い詰められて死ぬか生きるかする王道ミステリーである。

そして、この映像はまさにその火サスにそっくりなのだ。

「第一村人が死んじゃう！」

俺は慌ててタッチディスプレイの前へと戻った。

第二章

第一村人

崖の上に追い詰められた女は腰に差していた短剣を抜き、背後を振り返った。

視線の先には馬から降りた三人の騎士達《たち》。

剣を構えた騎士達は、少しずつ女に近付いていく。

「諦めて大人しく捕まれ！」

一人がそう怒鳴ると、女は剣を自らの首筋に押し当て、口を開いた。

「近付いたら死にます！」

女がそう叫ぶと、騎士達は顔を見合わせて笑う。

「死んだら死んだで構わない。貴様の死体を持って帰って裸にして吊《つ》るすだけだ」

騎士が嘲《あざわら》笑うように笑いながらそう言うと、女は眉根を寄せて肩を震わせた。

「こ、此処《ここ》から落ちてしまえば、私の身体《からだ》は海に帰ります！」

女が震えた声でそう言うと、騎士の一人が剣を下げて静かに語りかける。

「……大人しく捕まるなら、出来るだけの温情をいただけるように話をしてやろう」

優しい声音で言われたその言葉に、女は目に涙を滲《にじ》ませて声を上げた。

「嘘《うそ》！　嘘です！　いまさら、私が戻ったところで……！」

女が叫ぶと、それを聞いた騎士が歩み寄りながら首を傾《かし》げる。

「ならば、誰もお前を知らない場所に行って独りきりで暮らすというのか？　そんなことが出来るとでも？　お前は俺達と来るしか無いんだよ」

騎士のその問いは、女を硬直させるには十分な内容だった。情けなく歪《ゆが》む表情を見て、騎士達は少しずつ距離を詰めていく。

「わ、私は……」

嗚咽《おえつ》交じりに何か呟《つぶや》く女を睨《にら》み、騎士達はもう残り五メートルほどの距離にまで近付いていた。

正気に戻った女が顔を上げ、剣を持つ両手に力を込める。

「こ、来ないで……！」

刃先に血が滲み、女の首に赤い線が入った。

騎士達が腰を落として飛びかかろうとしたその瞬間、三人の騎士達は女の向こう側を見て動きを止めた。

「……な、なんだ、アレは……」

誰かがそう言った。

騎士達の呆然《ぼうぜん》とした顔を見て、女は横顔を海に向けて後ろを見る。

「………え？」

そんな声を上げて、女は目を丸くした。

海と空の境界を背に、巨大な何かが空を飛んで迫ってきていた。近付くにつれて、巨大な何かを目で追う女と騎士達は顔を上に向けていく。

「し、島が、飛んでる……」

騎士達は後ろに後退《あとずさ》りながらそう口にした。馬がいななき、森へと逃げ出すと、森の方角からも鳥や獣の鳴き声が響き渡る。

「ほ、報告に戻る……！」

一番奥にいた騎士がそう叫んで逃げ出すと、もう一人も慌てて踵《きびす》を返した。

「ず、狡《ずる》いぞ！」

逃げ出した二人を見て舌打ちし、残った一人の騎士は腰に差した小さなナイフを手にする。

「……勿体無《もったいな》いが、殺しておくしかない！」

騎士は自分に言い聞かせるようにそう叫び、女に向かってナイフを放った。

騎士の声に反射的に振り向いた女の胸に向かってナイフが迫る。

「きゃ……！」

女の悲鳴と、ナイフが発した甲高い金属音が重なった。

「な、何!?」

騎士が驚愕《きょうがく》の声を上げる中、ナイフをその身に受けて弾《はじ》き飛ばした巨大な人影は、地面から数センチ浮いた状態からふわりと着地する。

騎士はその巨大な人影を見上げ、後方へ尻餅をついた。

「……アイアンゴーレム、か？　だ、だが、見たことが無い形……」

騎士は慌てて立ち上がりながらそう言うと、剣を構える。

「ゴ、ゴーレム？　ゴーレムが、空から……？」

女は完全に腰を抜かしたのか、その場にへたり込んでその人影を仰ぎ見た。

ゴーレムと呼ばれた人影は女を見下ろすように腰を曲げると、長い両腕を広げ、女の身体を抱きしめた。

「ひっ！　い、嫌……！」

息を呑《の》み、両足をバタつかせて抵抗する女を抱えて上半身を起こし、ゴーレムは上を向く。

上空には巨大な島が静かに浮いていた。

「こ、このアイアンゴーレム如《ごと》きが……！」

騎士が怒声を上げながらゴーレムの背に斬りかかるが、剣が触れた瞬間、刀身が半ばからへし折れて刃先が地面に刺さった。

「ば、馬鹿な……」

目を剝《む》いて驚愕し、折れた剣を見る騎士。

その目の前で、ゴーレムはまるで風船のように軽く空へと浮かび上がり始める。

「ちょ、ちょ、ちょっと待って!?　嫌！　嫌です！」

恐怖に泣き叫ぶ女を抱え、ゴーレムはふわふわと空へと飛んでいく。

騎士は目も口も丸く開け、その光景をただ眺めていることしか出来なかった。

《side. タイキ》

スクリーンを眺めていた俺は、救出された女性の姿を確認してホッと胸を撫《な》で下ろす。

「いやぁ、危なかった。危機一髪。ブルースも真っ青だわ」

俺はそう呟き、椅子の背もたれに体重を預けた。

ロボットへの指示が口頭で出来るのは嬉《うれ》しい誤算だったが、かなりギリギリだった。

タッチパネルの画面に触れ、ロボットＡ１の項目を押す。

「とりあえず、その調子でゆっくりと城の前に降ろしてくれ。くれぐれも怪我《けが》はさせないようにな」

そう言うと、画面に俺の出した指示が青い色の文字で表示され、白い色に変わる。

どうやら受理されたらしい。

画面の中からロボットと女性の姿が消えたので、カメラのボタンを城外東西南北全て押した。

四方のスクリーンに各方角の映像が映し出され、俺はキョロキョロと落ち着きなくスクリーンを見て回る。

「真下だったからな。どこから上がってくるかな？」

そんなことを呟いて暫《しばら》く眺めていると、ようやく南の庭園の方にロボットの姿が映った。

ゆったりと空を飛ぶロボットに抱かれ、女性はぐったりと身動き一つしない。

「ち、力加減とか出来るんだよ、ね……？」

俺は不安になりながらロボットの飛行を眺め、エレベーターを振り返った。

もし死んでたらどうしよう。

嫌な想像に身体を震わせ、俺はエレベーターに乗り込んだ。

◇◇◇

空からふわふわと降りてくるロボットと女性の姿を確認し、俺は城の中から出た。

さぁ、久しぶりの会話である。しかも女性だ。

期待と不安で尋常ではない緊張感を味わいながら、俺はロボットの着陸を待った。

女性はロボットの胸に顔を押し付けるようにして動かないが、ロボットの捕縛の仕方を見る限りでは圧死などの心配は無いだろう。

ロボットが着陸し、女性の足を地面につける。

「えぇっと、は、初めまして……って、あ、日本語通じるのかな？」

俺はぎこちなく笑いながらそう言って、女性の後頭部を見守った。

と、膝から崩れ落ちるようにグニャリと女性の身体が地面に倒れていく。

「おぉっと!?」

慌てて両手で女性の身体を支えるが、そのまま一緒に地面に倒れてしまった。

抱き込みながら倒れたので女性に怪我は無いだろうが、俺は強《したた》かに側頭部を打ち付けた。

口の中に鉄の味が広がる。

「痛っ、つつつ……」

悶絶《もんぜつ》しながら顔を上げ、女性の状態を見ようと視線を下げると、そこには眼《め》を見張るような美女の姿があった。

長く艶やかな赤い髪が頬に掛かっているが、それでも女性の美しい顔立ちは十分過ぎるほど理解出来る。少しハの字になった眉と、静かに伏せられた長い睫毛《まつげ》の両目。スッと通った鼻筋に、形の良い唇。

頬から顎、首筋のラインを見ると少し痩せているようにも見えるが、手脚がスラリと長いのでモデルのようにバランスが良い。

と、思わず見惚《みと》れた挙句にジロジロと女性の身体を見てしまった。

「……気を失ってる。やっぱり、火サスの現場は怖かったんだろうな」

そう呟いて視線を移そうとすると、不意に服の袖が捲《まく》れて二の腕の辺りまで露出していることに気が付いた。見てはいけないと思ったが、真っ白な肌に黒い線のようなものが走っているのが見えてギョッとしてしまう。

「タ、タトゥーかなぁ……？　こんな清楚《せいそ》な雰囲気でそんなヤサグレてるのかね？　女の人は恐ろしいなぁ」

捲れていた服の袖を直し、「見なかったことにしよう」と呟き、一人納得して何度か頷《うなず》くとロボットを見上げた。

「……画面に触らずに命令出来るかな？　このコを優しく抱き上げておくれー」

声を掛けてみると、ロボットは腰を折って上半身を倒し、両手で優しく女性の身体を持ち上げた。ナチュラルにお姫様抱っこである。

「よし、とりあえず、医療室へ連れていこうか」

そう言って先に歩き出すと、ロボットは無言で付いてきた。賢い子である。

エレベーターに乗り、三階を押す。

三階に着きエレベーターから降りると、薄暗い部屋が明るくなった。ズラッとロボット達が整列する中、一番右の最前列だけ凹《へこ》んでいる。一体足りないのだ。

「ああ、Ａ１。お前はあそこに立ってたのか」

俺がそう言ってロボットを見上げると、ロボット改めＡ１はただ静かに前を向いていた。

無口である。だが、女性の扱いを見る限り紳士に違いない。Ａ１はジェントルマンだ。

俺はそんな妄想をしつつロボット達の列の中を突っ切り、奥へと向かう。

本当にいったい何体いるのか。画面上の項目にはＡだけの文字もあったから、Ａを押せばこの一列が丸々動き出すのだろうか。

と、ロボットの列を抜け、奥の壁に辿《たど》り着いた。壁には簡素な観音開きのドアがあり、それを開くと医療室がある。

白い壁と床、白いベッドと何かしらの医療器具。後は日焼けマシンみたいな形状のものもあった。

ドアは大きめだが、俺に続いて医療室に入ってきたＡ１は器用に腰を落とし、上半身を屈《かが》めていた。そこでも抱きかかえた女性への配慮が見える辺り、こいつは本物の紳士である。

そんなことを考えていると、Ａ１は指示をしていないのに日焼けマシンに女性を寝かせた。

「ん？　小麦色の肌が好みか？　でも押し付けたら嫌われるぞ？　白い肌が自慢かもしれないし」

俺がそう諭すと、Ａ１は真っ直《す》ぐ突っ立ったまま、動きを止める。

何やら拗《す》ねてしまったようにも見えるではないか。

「ふむ。紳士のお前が勝手に眠れる美女を小麦色に焼くわけが無いよな。悪かったよ」

俺はＡ１に謝ると、女性の眠る日焼けマシンに近付いた。日焼けマシンの蓋の部分には、ディスプレイと中の様子を見る為《ため》の覗《のぞ》き窓がある。

ディスプレイに触れてみると画面が黒くなり、女性の眠る日焼けマシンの内側の部分が白く光を放った。

そして、勝手に蓋が閉まってしまった。

「ヘイ!?」

俺は慌ててディスプレイをチェックする。間違えて日焼けさせてしまったら、もう友好関係は築けまい。国交断絶。鎖国状態になること間違いなしだ。

だが、画面に並ぶ文字を見て、俺はホッと一息吐《つ》いた。

画面には診察、簡易治療、急速休養といった優しい文字が並んでいた。

どうやら、これも映画で見たことがあるような医療機器らしい。

「まずは、診察だな」

そう言って画面をタッチすると、覗き窓から漏れる光が倍くらいに増えた。恐る恐る覗き込むと、女性の顔が下からライトアップされて恐怖映像と化している。

「夜に西洋人形を見ると怖くなるのと一緒だな……」

失礼なことを口走ってからディスプレイを眺めていると、画面に様々な情報が表示された。

「人間、女、十六歳……若いなぁ。身長百六十センチ、体重五十キロ、胸囲……!? は、はち……いかんいかん」

余りにも魅力的な情報が表示されていき、俺は顔を上げる。この機械にプライバシーという概念は無いらしい。紳士たるＡ１とはえらい違いだ。

セクハラマシンと名付けよう。

と、苦情を申し立てるようにセクハラマシンが『ピピピピッ』と鳴り出した。

ディスプレイを見てみると、今度は血液検査などで見る表みたいなものが表示されている。ガンマ－ＧＴＰが高いと酒飲み過ぎとか、そんなやつだ。

それらの項目と数値がビッシリ並び、一番下のところに文字があった。

「……栄養失調気味？　ちょっと痩せてるもんなぁ」

色々な数字を見せられた割にシンプルな答えに肩透かしを食らいながらも、俺は女性、というか少女のライトアップされた顔を眺める。やっぱり怖い。

すると、診察が終わったからか、蓋が自動的に上がった。セクハラマシンで横になる少女を眺めて、腕を組んで頷く。

「よし、それなら料理を振る舞ってやろうじゃないか」

俺はそう言って口の端を上げると、Ａ１に顔を向ける。

「もし気が付いたら教えてくれ。食堂にいるからな」

俺がそう告げると、Ａ１はこちらを振り向いた。

……まぁ、大丈夫だろう。

俺は無言でこちらを見るＡ１に軽く頷き、医療室を後にしたのだった。

◇　◇　◇

《side. 目覚めた少女》

「ん……」

身体を包み込むような温かさと柔らかいベッドの感触に気が付き、私は薄く目を開けた。

ボンヤリとしか見えないが、白い光を感じる。

何があったのか。まだ寝惚《ねぼ》けた頭が上手《うま》く整理してくれない。

徐々に目が見えるようになってきて、私の目の前に白い板のような物があると分かった。

「なに、これ……?」

力の入らない身体を両手で何とか支え、身体を起こす。

真っ白な壁や床がある。石膏《せっこう》ではないだろうけど、見たことが無い壁や床だ。

下を見ると、随分と小さなベッドで寝ていたのだと分かった。こちらも不思議なもので出来ている。石でも木でも鉄でも無い。

表面がスベスベの貝殻とかの触感に近いだろうか。

なにを見ても不思議なものばかり。

その時、私は微《かす》かに痛む頭に手を置いて呻《うめ》いた。

そうだ。私は、あいつらに追い詰められて、崖の上で死のうと……?

……いや、死ねなかったんだ。あの騎士の言葉に揺さぶられて、なけなしの、ちっぽけな勇気が折れてしまった。

怖くて、怖くて怖くて、死にたくないと思ってしまった。

そして、何かがあって、私は……？

「そ、そうだ……あのゴーレム……っ!?」

そう口にした瞬間、ヌッとあのゴーレムが姿を現した。

「ひっ!?」

ベッドの上で後ろに下がろうとするが、何かに引っかかって下がれない。

「こ、殺さないで……」

情けなくも、私の口から震えた声でそんな言葉が発せられた。

こんな弱い自分が嫌いで、最後くらい意地を見せて死んでやろうと思ったのに。

自身の弱さに愕然《がくぜん》とする中、ゴーレムは指一つ動かさずに私を見続けていた。

「………な、なにも、しないの？」

何故《なぜ》かゴーレムに話し掛けてしまった。答えるわけがないのに。

だが、前屈《まえかが》みになっていたゴーレムは身体を起こすと、こちらに背を向けて歩いていった。

まるで、私の言葉が分かるかのように。

白い部屋。その部屋の中で扉らしき場所は一つだけだ。その扉の側《そば》で、ゴーレムはただ立ち尽くしている。

「……こっちに来いってこと？」

そう尋ねるが、ゴーレムはなにも答えない。喋《しゃべ》らないのはゴーレムだから当たり前だ。しかし、それでもあのゴーレムは変だ。

魔術人形、もしくは魔導兵器。ゴーレムはそれらを総称して呼ばれる。ゴーレムには普通の魔術師一人分では足りない魔力が必要であり、それも単純な命令しか聞くことは出来ない。

だが、石や鉄で作られたゴーレムは強靭《きょうじん》である。動くものを殴れと命令されたゴーレムが戦場では相当な脅威となるのだ。

しかし、普通の魔術師では二人で一体のゴーレムを操ることしか出来ない。それなら、時と場合によっては魔術師二人がそのまま戦場に出る方が強いだろう。

つまり、ゴーレムを操り自らの護衛とする魔術師は、それだけで恐るべき力を持つ魔術師であると知れる。ゴーレムを一体連れているなら普通の魔術師二人分以上の魔力を保有しているということなのだから。

このゴーレムを見る限り、命令は単純なものではないだろう。ゴーレムに複雑な命令を実行させる……それは稀代《きたい》の大魔術師か大魔導士と呼ばれる存在に違いない。

ピクリとも動かず立ち続けるゴーレムに緊張しながら、私は扉に向かって歩き出した。

このまま此処にいても仕方がない。まずは此処が何処《どこ》なのか探らないと。

そう思い、私は扉を開けた。

「……え？」

扉を開けた瞬間目に飛び込んできたのは、どれだけいるのかも分からないとゴーレムの大軍だった。

全てが、この異常に高度なゴーレムと同じである。

「な、な、なに、これ……!? こんな、こんなことが……」

私はその場で腰を抜かしてへたり込んでしまった。

このゴーレム一体作るのに何年掛かるのかは分からない。けれど、この異常な数のゴーレムを作ることの出来る者が存在していることは間違いない。

「王国の宮廷魔術師じゃ皆で一緒に作っても数十体……いいえ、ブラウ帝国でもそんなに作れないかもしれない……」

いったいどんな魔術師が棲《す》んでいるのか。これだけのゴーレムを見れば、宮廷魔術師クラスの人材が千人いると言われても私は驚かないだろう。

私は力の抜けた膝に手を押し当て、立ち上がった。

このゴーレムの持ち主達に会ってみよう。会うのは怖いが、恐怖よりも好奇心が勝ってしまったようである。

隣に並んで立つゴーレムを見上げるが、もうこれまでほど怖いとは思わなかった。

《side. タイキ》

やはり、誰でも大好きイタリアンが無難か。味噌《みそ》や醬油《しょうゆ》の匂いがダメって外国の人もいるみたいだからなぁ。

そんな考えのもと、俺は厨房《ちゅうぼう》でパスタを茹《ゆ》でていた。

既にオリーブオイルでニンニクと唐辛子を炒《いた》めているので、後はパスタ麺が茹で上がるのを待つだけである。

ちなみに、麺の類は近未来的な製麺機があり、各材料を材料ボックスに入れておくだけで自動で麺を作り出してくれる優れものだ。

材料は残念ながら自分で収穫しなくてはならなかったが、医療室にあった『畑の全力』という本に詳しく載っていたので助かった。

そんなこんなで、後は粗挽《あらび》きの黒胡椒《こしょう》と塩を振れば完成である。

と、その時、甲高い電子音が鳴った。

一瞬なんの音か分からなかったが、ドラゴン襲来時の警報とは音が違うので、あの少女のことだろうと察しがついた。

「起きたのかな。とりあえず、急ぎで麺をあげて……」

俺は大急ぎで麺をオリーブオイルたっぷりの鍋に取り、塩と黒胡椒を振って混ぜ合わせた。

これぞ、男飯といった豪快さである。

「よし！　迎えに行こう！」

年甲斐《としがい》も無くドキドキしながら、エレベーターに向かって歩く。急ぎ足である。

「あの女の子、十六歳だったよな。変な考えはいけないぞ。俺はもう二十三歳なんだから」

二十代中盤に入ったからには紳士的にいかなくてはならない。目指せ、ジェントルマン。目指せ、Ａ１。

逸《はや》る気持ちを抑えつつ、俺はエレベーターにまで真っ直ぐ続く廊下に出た。

ズンズンと歩いていくと、エレベーターに着く寸前で、エレベーターが勝手に開いた。

中に乗っていたのは、Ａ１とあの少女であった。

◇　◇　◇

エレベーターが開き、少女と目が合った瞬間、俺は思わず片手を上げて口を開いていた。

「おはよう」

「ひっ」

反射的にＡ１の後ろに隠れる少女。そして、無言でこちらを見るＡ１。

驚かしたわけじゃないのに、何故かＡ１から責められているような気分になる。

と、そこであることに気が付いてＡ１を見上げた。

そういえば、俺は少女を食堂に連れてこいとは言ってないのに、何でコイツは少女と一緒にここにいるんだ？　まさか、紳士では無くフェミニストだろうか。主人の命令よりも少女のお願いを聞いた可能性は十分にある。

俺がジッとＡ１を睨んでいると、少女が恐る恐るといった様子で顔を出した。ひょこっと顔を出す様子は中々可愛《かわい》らしい。

「……あ、あの、大魔術師様、でしょうか……」

驚くべきことに、少女の口から出たのは流暢《りゅうちょう》な日本語だった。

「おぉ！　日本語！　マジか！」

少女の言葉に思わず歓声を上げると、少女はまたすぐに隠れてしまった。

Ａ１の裏で震える少女の指先や肩が目に入った。

怯《おび》えられている。

地味ながらも人畜無害な人間として平和に生きてきたのに、まさかの女子高生くらいの少女に怯えられてしまった。

これは心に大きな傷を負うような案件である。

ひっそりと凹んでいると、少女がまた顔を出し、上目遣いにこちらを見た。

「わ、私を、どうされるおつもりですか……？」

どうされる？

何が？

「どうって、何が？」

柔らかく聞き返す。柔らかーく。優しーく。

もう聖人君子も真っ青といった仏のような微笑を浮かべて少女を見た。

だが、少女の顔は緊迫感に満ちている。何故だ。

「わ、私は、ただの町娘で……何も持ってませんし、何も、知りません……」

消え入るような声でそう言われて、ようやく理解した。

あ、誘拐犯と思われてる。

その事実に気が付いた俺は、天を仰いで自らの額を片手でペシンと叩《たた》いた。

「うわー、そうかぁ。そうだよなぁ……気を失ってる間に知らない場所に連れてかれてるんだもんなぁ。そう思うよねー……」

この誤解をどうにか解かねば。

そう思って少女を見るが、いまだに警戒心剝き出しの状態である。

俺は溜《た》め息《いき》を吐きながら笑い、口を開いた。

「とりあえず、ご飯食べようか。付いておいで」

そう告げて背を向けると、後ろで少女が戸惑う気配を感じる。だが、俺とＡ１が歩き出すと少女の足音も付いてきた。

「腹が膨れれば前向きになるもんだ。なぁ？」

すぐ斜め後ろを歩くＡ１に小さな声でそう言ってみたが、Ａ１はいつも通り無口なままだった。

《side. 赤い髪の少女》

黒い髪、黒い眼の青年。歳《とし》はあんまり違わないのかもしれない。同じ年齢くらいだろうか。

私よりも頭一つ分大きなその青年は、魔術師らしく細身で珍しい形の布の服を着ていた。上が灰色で下が黒い服だ。

「付いておいで」

意外にも優しい声でそう言われ、私は青年とゴーレムの後に続く。

青年は穏やかな顔でゴーレムに何か話し掛けていた。やっぱり、ゴーレムを作った一人なのだろう。見た目に騙《だま》されてはいけない。

それにしても、先程までとは違うのにまたも不思議な空間だ。床は何の毛皮か分からないが多分絨毯《じゅうたん》だ。しかし、左右の壁や天井と壁の間で光る灯《あか》りは何だろう。

壁は固くスベスベしているし、灯りは魔術による白い光では無いように見える。かといって、揺らめく様子も無いからランプなどでも無いと思う。

左右の引き戸が勝手に閉まり、景色が上に流れて違う場所に来たのにも驚いたけれど、あのゴーレムの大軍を作り出した魔術師達ならば何でも出来るようにも思えた。

青年とゴーレムは明るい光が漏れる部屋に入っていき、長テーブルの前に立つ。

「そこに座っててね」

指し示された方向には簡素な椅子があった。派手な感じでは無いけれど、これも普通の椅子では無いのかもしれない。

おっかなびっくり椅子に腰を下ろすと、少し柔らかい座り心地だった。

落ち着かない気持ちになりながら周りを見てみると、かなり整理整頓された部屋で、青年は火を使って何かしていた。火を起こす時間も無かったから、やはりあの青年も魔術師の一人なのだろう。自分と変わらないくらいの年齢に見える為、まだ見習いなのかもしれないが。

「あ」

ふと、良い匂いが漂ってくる。

そわそわしていると、青年は綺麗《きれい》な白い皿と透明なコップを持ってきた。

私の前にあるテーブルに皿とコップが置かれる。皿には質素な麺が載っていた。驚くほど均一な麺は凄《すご》いけれど、ただ塩茹《しおゆ》でにしただけに見える。

でも、自分が余程空腹なせいなのか、匂いは凄く良い。

と、皿の隣にある透明なコップが目に入る。ガラスかと思ったけれど、違うのだろうか。本当に色一つ付いていない透明な器だ。形もあり得ないほど整っている。

指で触れてみて、器を持ち上げてみた。

じっくりと器を眺めていると、青年が不思議そうに首を傾げていた。

「す、すみません……」

慌てて器を置き、白い皿に載っている料理に向き直る。皿の側にはフォークがあったので、それを手にして麺を絡め取った。

少し躊躇《ためら》ったが、思い切って口に運ぶ。

僅かに堅さの残る麺を嚙《か》み切り、口の中で味わった。

「……美味《おい》しい」

思わず、口からそんな言葉が漏れた。ピリッと辛くて、でもほんのりと甘みがある味だ。少し強い風味も美味しさを増幅させている気がする。

素朴な筈《はず》なのに深みのある味に、私は夢中になって手と口を動かした。

お皿の上にあった麺が姿を消してしまい、無意識に顔を上げて青年を見る。

「お代わりかい?」

青年から苦笑しながらそう言われ、私は顔が熱くなる。

まるで犬のように浅ましい姿を晒《さら》してしまった。恥ずかしい。

頭の中で色々な言葉がグルグルと回る中、今更ながらに上品にフォークを皿の隣に置き、器を手にした。

器の中では透明な液体が揺れている。

お水をいただいて冷静になろう。

そう思って器を口に運ぶと、酸味のあるスッキリとした香りが鼻孔をくすぐった。

果実水だ。私も好きで良く飲んでいたっけ。

懐かしい気持ちになりながら、果実水を一口啜《すす》った。ほんのりと甘酸っぱい優しい味がした。

ゆっくりゆっくり、名残を惜しみながら果実水を飲んでいると、青年が口を開いた。

「俺はシーハラタイキ。君は？」

「…………エイラ、です」

私が名を名乗ると、シーハラタイキと名乗る青年は嬉しそうに笑った。

《side. タイキ》

「エイラか。良い名前だね。俺のことはタイキって呼んでね」

「あ、タ、タイキさん、ですね」

「うんうん」

まだぎこちないが、かなり距離は縮まった気がする。

エイラと話していると心が弾むのは確かだが、これは一ヶ月独りだった副作用である。自分の半分くらいの歳の少女にトキめいたわけでは無い。

胸の内で自分に言い訳をしていると、エイラは少し不安そうに眉根を寄せた。

「あ、あの……この、不思議な場所には、いったい何人の魔術師の方がいらっしゃるのでしょう？」

と、いきなりそんな質問をされ、俺は頭を捻《ひね》る。

はて？

魔術師ってなんじゃ？

魔法使いか？

そんなことを考えながら唸《うな》り、ようやく気が付いた。

そうか。島が空を飛ぶのを見てるから魔法使いがいると思ってるんだな。確かに、こんな巨大なモノが空を飛ぶなんて信じられないよな。

俺は一人で納得し、何度も頷いた。

そして、エイラを見る。

「この城には俺一人しかいないよ」

「え？」

俺の回答にエイラは目を瞬かせ、数秒後に言葉の意味を理解したのか、顔を上げた。目が見開かれ、口も大きく開いている。まさに驚愕といった表情だ。

「ひ、ひ、一人!?　タイキさ……タイキ様お一人ですか!?」

何故か様付けに格上げされた。アレか？　お一人様という悪口か？

「独りだよ」

寂しい奴《やつ》と笑いたければ笑えば良いのだ。本当に寂しいからグウの音も出ないが。

そんなことを思っていると、エイラは滝のような汗を流しながら視線をＡ１に向けた。

「では、このゴーレムは……あの大量のゴーレム達は……」

「ん？　うーん、部下みたいなもんかな？　話し相手になってくれたら一番なんだけどな」

そう言って笑うと、Ａ１が顔だけをこちらに向ける。なんだ、Ａ１。俺達は親友だと言いたいのか。愛《う》い奴め。

俺とＡ１が永遠にも似た時間を共有していると、愕然とした顔のエイラがこちらを見ていた。

「す、凄い方なんですね……」

掠《かす》れた声でそう言われ、俺は首を傾げる。

「良く分からないが、今日はもう夕方になる。また明日話を聞かせてもらおうかな」

と、そう告げてからふと思い出した。

エイラには何処で寝てもらおう。まさか、うら若き乙女と同室するわけにはいくまい。

やはり、この高級ホテル的な部屋が並ぶフロアーか。幸いにも部屋には浴室は無いがシャワー室ならある。トイレも完備だ。

なにせ、俺自身が気分転換に何度か泊まってみたりもするくらい快適である。

「部屋に案内しようか」

そう言うと、エイラはぱっと顔を上げた。

「あ、は、はい」

と、エイラは素直に返事をして付いてくる。Ａ１は背後を守るように付いてきた。

どうやら、一泊くらいならしても良いと思えるほどに信用を得たらしい。これも人徳の成せる業だろうか。少し自信がついた。

食堂を出て、左右に延びる廊下を眺める。

「近い方が良いかい？　それとも遠い方が良い？」

「と、言いますと……？」

困惑するエイラに笑いかけ、無数に並ぶ扉を指差していく。

「オススメはエレベーターの近くかな。あの円柱の中に入るやつ。あれを使わないと移動出来ないしね」

「あ、あの丸い……では、そちらでお願いします」

そんなやり取りをしてエレベーター前まで歩き、一番近い部屋のドアを開けた。

中には、二人が並んで歩けるくらいの通路があり、その途中にはドアがある。ドアの向こう側にはシャワー室とトイレが別々にあり、通路の奥にはダブルベッドが一つとテーブル、椅子が二脚とソファーが並んでいた。

壁には二メートル四方くらいの窓があり、外から夕陽《ゆうひ》が射《さ》し込んできている。部屋自体の広さは二十畳くらいだろう。壁にはクローゼットや棚が埋め込まれているので実際にはもっと広い筈だが。

エイラはその部屋を見て、嬉しそうにこちらを振り向いた。

「此処に泊まっても良いんですか!?」

「うん。いいよ」

物はないが、俺の部屋より良い部屋だ。嬉しかろう。

エイラは部屋の中を見回し、ベッドに向かった。

「久しぶりのベッド……!　わぁ、凄い!?　柔らかいのに弾む!?」

両手でベッドを上から押して子供のようにはしゃぐエイラに、俺は微笑《ほほえ》みを浮かべて頷く。ちなみにA1は大きさの関係で部屋に入れなかった。

「良いベッドだよね。あぁ、そうだ。トイレとシャワーの使い方を教えようか」

「シャワー?」

小首を傾げるエイラを手招きし、シャワー室を案内する。白い綺麗なシャワー室は広くて使いやすそうである。

エイラに見ててねと言ってノズルを持ち、壁に向けてからお湯を出した。給湯機がついているので適温のお湯が出る。

「ほら。こっちがお湯で、こっちが水ね」

「え?　これを捻るだけでお湯が……?」

驚きながらノズルから出るお湯に触れ、エイラは更に目を大きくした。

シャワーでこれなら、トイレは更に驚くに違いない。何故なら、日本人はトイレという存在に異常な執着を持ち、常に最高のトイレを模索しているからだ。

俺は不敵に笑い、トイレへと続くドアを開けた。

白い綺麗なトイレがその姿を見せ、いらっしゃいませと言わんばかりに、自動で蓋が開く。まさしく最新式のジャパニーズトイレだ。

「あの、これがトイレですか？」

目を瞬かせるエイラ。洋式の椅子型トイレはこちらでは一般的では無いのだろうか。エイラを見る限りもろに欧州の国の人っぽいのだが。

そんなことを思いながら、俺はトイレの使い方を教える。

「そうだよ。ここに座って、終わったらコッチのボタンを押す。すると水が出てお尻を洗ってくれるんだ。後はこっちの紙を使って拭いて、そこのボタンを押せば……ほら」

ジャー、と流れていく水を見て、エイラが歓声を上げる。

「凄い！　これなら常にトイレは清潔に保たれますね!?　こんな凄いトイレは王宮にもありませんよ!?」

おや？　予想外な方向で喜んでらっしゃる。

町娘のエイラが王宮のトイレ事情を知っているわけもないが、それだけ最高のトイレと言いたいのだろう。

うむうむ。結果オーライである。

「後は何かあったかな」

そう言ってベッドルームに戻ると、興奮冷めやらぬエイラが歩いてきた。

「素敵な部屋、素敵なベッド、素敵なトイレとシャワーですね」

鼻歌が聞こえてきそうなほど上機嫌になったエイラは、窓の外に目を向ける。

「先程も少し見えましたが、綺麗な景色ですね。あら？　白い家があんなに……」

視線を下げて困惑するエイラに、苦笑混じりに話し掛ける。

「誰も住んでないけどね」

そう告げると、エイラはこちらを振り向いた。

「誰も？　しかし、あんなに綺麗な海辺の町なのに……」

「この飛行島には俺しかいないからなぁ。勿体無いけど、全部空き家だね」

俺もあそこに沢山人が住んでくれていたらと思っているよ。と、頭の中で言葉を続けた。

エイラはそんな俺を見つめ、首を傾げる。

「……飛行島？」

眉間に小さなシワを作って聞き返すエイラに、軽く頷いて答える。

「あれ？　覚えてないかい？　エイラはそこのＡ１と一緒にこの飛行島に飛んできたんだよ。島が空を飛んでいるんだ。ほら、良く見たらあの景色が少しずつ流れていってるだろう？」

現実を把握したエイラは、それだけ呟いてから動かなくなった。

「し、しま、島が、飛んでる……？」

落ち着きなく外の景色と俺を見比べて、エイラは窓に張り付くようにして外を凝視した。

「え、え、え？」

◇　◇　◇

朝、聞き慣れた目覚まし時計の音を聞き、微睡《まどろ》みの中、寝返りを打つ。

ゆったりと呼吸していると、徐々に頭も覚醒していく。

良く寝た。最近はずっと独りだったから眠るのが早くなり、グッスリと寝る癖が付いている。

まぁ、昨夜は久しぶりに誰かと会話したことでテンションが上がり、寝るまでに少々の時間を費やしたが。

「よし、朝ご飯だ」

そう言って身体を起こし、ベッドから這《は》い出る。

別に女の子に会うからという訳じゃないが、何と無く今日は朝からシャワーを浴びて丁寧にヒゲを剃《そ》る。外出用の軽い上着に黒のデニムパンツ。靴は明るい茶色の革靴である。

別に女の子に会うからという訳じゃないが、やはり人と会うならそれなりの身支度をしなければ。

足取りも軽く螺旋《らせん》階段を滑るように降り、エレベーターに乗って二階を押す。

「あ、まだ起きてないかな？」

今は朝六時半である。少々早かったかもしれない。

「まぁ、起きてくるまで厨房で朝食でも作って待てば良いか」

と、そんなことを思いながら、二階に着いて食堂に向かう。すると、食堂から少し光が漏れ出ていた。

消し忘れたかと思って中に入ってみると、厨房にＡ１の姿を発見する。良く見たらその隣にはエイラもいるようだ。

「おはよう。何してるんだい？」

挨拶をしながら近付くと、難しい表情のエイラがハッとしたように顔を上げた。

「あ、そ、その、おはようございます……」

何故か気落ちしているようなエイラの雰囲気に首を傾げながら、そっと手元を覗き込む。

どうやら家事をしているらしい。昨日の食器を洗っていたのだろう。

「す、すみません……なかなか綺麗にならなくて……」

見れば、水で流しながら指で擦《こす》った跡がある。スポンジは乾いたままだし、素手で頑張ったのだろう。

「いいよ、いいよ。貸してごらん」

食器を受け取り、スポンジに洗剤を付けてサッサッと洗う。昨日出しっ放しにしていたから汚れが頑固になっているが、洗剤には勝てなかった。

真っ白い泡で綺麗にされていく皿をジッと見つめ、エイラは頷く。

「なるほど、そうやれば良かったのですね……」

小さな声でそう呟くエイラに苦笑し、洗ったばかりの食器をシンクの近くにある食洗機に入れた。スイッチを入れ、振り返る。なんと、食器を丸洗いした後に乾燥までしてくれる優れものだ。

「よし、これで終わり。それじゃあ朝食にしようか」

「あ、ありがとうございます」

律儀に頭を下げるエイラに笑い掛けて、別の食器を取り出しつつ冷蔵庫に向かった。

今日はシンプルにイチゴジャムを塗ったトーストである。コーヒーが飲めるか分からなかったので、飲み物は紅茶だ。一応、手でちぎった野菜を皿に盛っただけのサラダもあるが、ドレッシングが和風玉ねぎドレッシングしか無い。島の南側にある施設に行けば別のドレッシングを作ることも出来るのだが、今からドレッシングを作りに行くのは面倒なので次回にするとしよう。

「簡単でごめんね」

そう言って椅子に座ると、エイラは恐縮しきった様子で首を左右に振った。

「い、いえ、私の方こそ、料理が出来なくてごめんなさい……」

「あれ？　出来ないの？　やったことはあるよね？」

驚いて思わず直球な聞き方をしてしまったが、エイラはムッとすることも無く身体を小さくして俯《うつむ》いた。

「あ、いや、いつも出来た料理を食べるだけだったので……」

そんなことを言うエイラに、俺は衝撃を受ける。

昨今の町娘は料理をしたことも無いのか。イメージだともう料理の手伝いくらいはしていそうなものだが。

いや、もしかしたら、お手伝いさんがいる良家の娘なのだろうか。そう思って見たら、確かに気品があるような気がする。

色々と頭の中でエイラの素性を空想したが、すぐにかぶりを振ってテーブルに目を落とす。

「まぁ、食べましょう食べましょう」

気持ちを切り替えてそう言うと、トーストを口にした。甘酸っぱい味が口の中で広がる。ジャムもちょっと豪華なタイプで、イチゴの実がコロコロと入っていて美味しい。

「あ、美味しい……！　これ、砂糖が使われていますね！」

「ん？　貴重だった？」

「は、はい。今は大きな街なら手に入りますが、昔は王都にしか無かったです」

答えながら、エイラは夢中でトーストを食べていく。

王都。王政の国の首都かな？

町娘とはいえ、やはりエイラは王都に住むそれなりの家のお嬢様なのだろうか。貴重な筈の砂糖を知っているということは、豪商の娘なのかもしれない。

いや、お嬢様ならこんなにガブガブとパンを食べないか。

そんなことを考えていると、エイラは俺の倍以上の速度でパンを食べていった。全て完食したエイラは、気合いの入った表情で食器を大きなシンクに持っていく。

必死に洗うエイラを眺めながら食べていると、空になった食器を受け取りに来た。

「私が洗いますね」

「ありがと」

そう言って食器を渡すと、エイラは少し嬉しそうに食器を持ち頷いた。

じゃぶじゃぶと念入りに食器を洗い、食洗機を見るエイラ。

「反対側にもあるよ」

大きな厨房なので、食洗機も二つある。指差しながら言うと、エイラは慌ててそちらに食器を入れてボタンを押した。

食事を終え、二人でエレベーターに向かうと、A1も当たり前のように付いてくる。

一度起動したら停止と言うまで自律して動くのだろうか。不思議だ。

エレベーターの中に入りボタンを押そうとすると、エイラが横から見ていた。

「外を案内しようかと思ったんだけど」

「あ、宜《よろ》しくお願い致します」

「固いなぁ」

エイラの返事に笑いながら、一階を押した。

一階に着いて絨毯の敷かれたエントランスを進む。門の前にはA1の兄弟達が待機している。この二体は三階では無く、常にこの門の前にいるのだが番号は何番なのだろうか。一度ロボットの数を数えてみないといけないだろうか。

「開けて」

そう言うと、二体のロボットは同時に門に振り向き、ゆっくりと開門した。

「ゴーレムを同時に三体……」

門が開いていくのを眺めていたら、斜め後ろでエイラが小さく何か呟いた。

「何か言ったかい？」

「あ、い、いえ！」

振り向くと、エイラが背筋を伸ばして立った。軍隊みたいである。微妙に緊張しているように見えるのは何故なのか。

「さて、何処を見せようかな」

そう言って外に出ると、エイラは小走りに寄ってきて目を輝かせた。

「あの白い家を見たいです」

「家かい？　誰も住んで無いよ？」

ガッカリしないよう、念押しをしておく。だが、エイラは目をキラキラと輝かせて首を左右に振り、口を開いた。

「でも凄く可愛らしかったです」

「ふむ？　まぁ、見たいなら行ってみようか」

そう言って歩き出したのだが、ふとしたタイミングで振り返ったエイラが城を見て驚いた。

「うわぁ、凄い……！　複雑な作りのお城だったんですね」

そんなエイラの感想に、俺は首を傾げる。

「エイラが知ってる城の形って違うのかい？」

「はい。もっと四角くて、屋根もあまり大きくは無いですね。窓も小さいですし」

四角い城。どちらかというと高層ビルみたいな想像をしてしまい、興味が湧いた。

「そうなんだ。見てみたいな」

そう呟いて遠くを見つめる。今は速度を落とし、ゆっくりと山に向かって飛んでいるのだが、下は延々と森が続いていた。

せっかくエイラがいるし、街のある方向を教えてもらうか。どうせならこの世界の街並みを見てみたいし。

そんなことを思いながら東に向かって歩き、縁まで移動して白い家々の屋根を眺める。

「あれがそうだね」

そう言って下を指差すと、エイラは目を輝かせた。

「凄い。真っ白な街並みですね……！　綺麗！」

感動するエイラに、下へ降りる道を教える。

「あそこから降りられるよ」

「行ってみて良いですか？」

俺が階段を指し示すと、間髪入れずに返事が来た。了承すると、喜んで階段を降りていく。

「うわぁ、可愛い……！」

真っ白な家を眺めながら街の中を歩いていき、窓から家の中を覗き込んでは感嘆の声を発している。家の作りは同じだが、間取りが一つずつ微妙に違ったりする。その為、エイラは家を一つ一つ見ては声を上げて喜んだ。

「やっぱ女の子は白い家に憧れるのかな？」

Ａ１にそう聞いてみるが、Ａ１は落ち着いた様子で階段を降りてくる。

と、そんな時、前方から慌てふためくエイラの声がした。

「ワ、ワ、ワイバーンです！　タイキ様！　ワイバーンが来ました！」

エイラに言われて顔を上げると、確かに大きめのワイバーンが飛んでいた。獲物を狙う猛禽類《もうきんるい》のように空中を旋回し、飛行島よりも上へ上昇していく。

「あれは今までで一番大きいな」

俺がそんな感想を漏らすと、エイラは空を指差す。

「大型です！　リーラブラス山脈の近くに来てしまったので、山に棲むワイバーンの親の一体が来たのかと……！」

「ああ、ワイバーンは親子で群れを作るんだったな。じゃあ、あれが親父《おやじ》かなんかだね」

そう思うと退治するのも可哀想《かわいそう》だが、結界に衝突する程度なら大丈夫だろうか。

呑気《のんき》に構えていると、エイラがそわそわしながらこちらを見た。

「あ、あの、ワイバーンが突撃してきたら、この綺麗な街並みが……」

物凄《ものすご》く言いづらそうにそんなことを言うエイラ。

「え？　そっち？　ワイバーンが怖いとかじゃなくて？」

「え、あ、タイキ様ほどの魔術師でしたら、多分無傷で倒してしまうものと……」

戸惑いながらそう言われて成る程と納得する。俺のことをこの島を飛ばすような魔法使いと信じているエイラならではの発想だ。とはいえ、実際に俺も焦ったりしていないし、エイラがそう思うのも無理は無いのだろう。

「ちなみに、普通だとあのワイバーンはどれくらいの脅威なのかな？」

そう聞くと、エイラはワイバーンを見上げて唸る。

「え？　あ、あのワイバーンですか？　そうですね、お、王国の騎士団長や宮廷魔術師なら、恐らく一対一で互角に戦えるかと……」

「ふぅん」

互角に戦えるだけで勝てるとは断言しなかったな。なのに、俺なら無傷で倒せると思っていたのか。どうやら、相当な誤解を与えているようである。

「……でも、説明のしようがないしなぁ」

「あ、あ、あ、あの！　タイキ様!?　前、前！　前を!?」

ワイバーンが高速で接近してくると、それまで落ち着いていたエイラも流石《さすが》に慌て出した。俺の服の裾を指で摘《つま》んで動かしながら、もう片方の手でワイバーンを指し示す。

しかし、次の瞬間、ゴォンという音を響かせて空中で急停止したワイバーンに、エイラが目を剥いた。

白い半透明の膜にも見える結界が空に広がる。衝撃の度合いで可視化する範囲が変わるのか、十数メートルは空が薄《う》っすらと白く染まった。

俺は結界に衝突して気を失うワイバーンを眺めながら、静かに溜め息を吐いた。

「……っ!?っ!?」

声にならない声を上げながら、落ちていくワイバーンと俺を交互に見るエイラを横目に、どうしたものかと悩む。

なにせ、ドジっ子天使にこの世界に遣わされたのだ。良く分からない扱いを受けそうで怖い。

とりあえずは適当に誤魔化しながら過ごすとしよう。

「あ、あの!? 今のは!?」

「うん、驚いたね。何だろうね?」

「全然驚いてない!」

考え事をしながら応えたので、少し気の無い返事をしてしまった。エイラは胸の前で両手を拳の形にして声を上げている。ちょっと可愛い。

「あ、そうだ。あっちには温水プールもあるんだよ」

「ちょ、ちょっとタイキ様!?」

そんなノリで上手く誤魔化しながら島内を案内して回った。

最後は四階で窓際に椅子とテーブルを置いてゆっくりと夕日を眺める。

夕日に照らされたエイラは綺麗で、思わず「このまま此処に住みなよ」と言いそうになった。

だが、エイラは町娘である。両親も心配しているだろう。あの火サスの現場は良く分からなかったが、騎士達に乱暴されかけたのかもしれない。騎士の風上にも置けぬ奴らよ。

しかし、久しぶりの会話相手である。申し訳ないが、エイラ側から言い出すまで、このままでも良いだろうか。

「あ、今日も昨日と同じ部屋で良いかな?」

そう尋ねると、エイラは慌てて「は、はい!」と返事をしてきた。

恐らく、大魔術師という凄い存在と誤解しているエイラは俺の台詞《せりふ》にすぐには嫌と言えないだろう。そんな気がする。

彼女の弱みに付け込んで城に長く滞在してもらおうとしていると自覚している分、かなり罪悪感はある。

でも、いなくなってしまうと寂しい。この寂しいという感情は恐ろしいもので、エイラという話し相手を手に入れた今、そう簡単には手放したく無いと思ってしまうほどのものである。

とはいえ、エイラに魔術師であると嘘を吐いている今の状態は如何《いかん》ともしがたい。罪悪感はありつつも、説明するのが難しい。

さて、困ったなぁ。

《side. エイラ》

大型のワイバーンを指先一つ動かさずに倒したタイキ様は、やはり伝説の大魔術師様に違いない。

本気を出せば一人で国一つ滅ぼすことだって出来るかもしれない。

だが、当の本人は至って自然体であり、むしろ誰よりも穏やかで優しい。

「この島では肉や魚、野菜や果物は何とかなるんだ。あと、水とか塩、砂糖みたいな調味料もね。でも、牛乳が無い」

「牛乳ですか？」

「豆乳なら出来るんだけどね。だから、牛乳の代わりに豆乳を使って料理とかもしてるんだよ」

「そうだったんですか」

「でも、牛乳が無いと乳製品が作れないんだ。凄く大事な乳酸菌って栄養も取れないしね」

「乳酸菌？」

「うん。チーズとかヨーグルトとか、色んな乳製品に必ず入ってるんだよ。あ、植物とかにも入ってるとか何とか……乳酸菌は身体の調子を整えるだけじゃなくて、ストレスの軽減にも効果があるんだ」

「よ、良く分かりませんが、とても良い物であることは理解出来ました」

私の返事に満足したのか、タイキ様は何度も頷いて笑った。どうやら、乳酸菌というものにかなり強いこだわりがあるようだ。

「しかし、タイキ様は何でもお出来になるのでしょう？　牛を島で飼われては如何《いかが》ですか？」

「……牛の世話をしたことが無いんだ。乳搾りもね」

と、言いづらそうにタイキ様はそう口にした。

珍しく顔を顰《しか》めて言われた言葉に、私は思わず吹き出して笑ってしまう。

「ご、ごめんなさい」

笑いながら謝るが、タイキ様は拗ねたように口を尖《とが》らせる。

「誰にだって初めてはあるし、出来ないことなんて山のようにあるものだよ？」

「そうですね。ふ、ふふふ」

ああ、タイキ様もちゃんと人間だった。笑いを我慢しながらそんなことを思い、私は少し安心していた。

私も牛の世話なんてしたことは無いが、ゴーレムやこの島を作れと言われるより遥《はる》かに楽だろう。

「ちなみにエイラは何が得意なんだい？」

「ダン……あ、いえ、そ、そうですね……」

咄嗟《とっさ》にダンスと答えそうになり、慌てて誤魔化した。そういえば、私が子供の頃からやっていたものは町娘らしくないものばかりだ。

どうしよう。

料理も出来ないし掃除すら出来ない。町娘ならば学問は出来ずとも家事くらいは出来るだろう。

では、私には何が出来るのか。

悩んでいると、タイキ様が困ったように笑った。

「そんなに真剣に考えなくて良いよ。あ、それなら料理練習してみるかい？　簡単なやつなら教えられるよ？」

「あ、お、お願いします」

答えながら少し落ち込んでいると、タイキ様は柔らかい微笑みをこちらに向けた。

「誰でも最初は出来ないからね。ゆっくり覚えたら良いさ。一年もやってたら俺より上手くなってるよ」

　穏やかにそう言われ、私もホッとして肩の力を抜く。

「……ありがとうございます」

　タイキ様は優しい。

　多分、疑いも無く私のことを町娘だと思ってくれている。こんな生活をしているからか、少し浮世離れしているから私を疑わないのだろう。

　そんなタイキ様を騙したくは無い。それに、タイキ様ならば正直に言えば助けてくれる気がする。

　でも、もし駄目だったら、私はここにはいられないだろう。

　いや、今もいつ出ていけと言われるか分からない。

　タイキ様にとって気紛《きまぐ》れで助けた町娘だ。もし、面倒に思えば地上へ帰されて然《しか》るべきだと思う。

　このまま黙っていれば、此処にいることが出来るかもしれない……そんな、酷《ひど》く自分勝手な考えが私の口を閉じさせた。


　二人が悩む内に、天空の城は山を越える。向かう先には、世界を統べるべく勢力を拡大している大国、ブラウ帝国があった。

第三章　帝国という存在

Heavenly Castle

慌ただしく鎧《よろい》を着た兵が走り、巨大な石造りの城の前に立った。額から汗を滴らせ、肩を大きく上下させながらも、背筋を伸ばして立っている。

「何事だ」

門を守る兵がそう口にすると、息も荒く返事をした。

「で、伝令。空に、謎の物体が飛行……こ、こちらに、向かっている……！」

「謎の物体？　何だ、それは」

「いいから、早く、上に伝えろ！　もうベーシュの町まで来ている！」

兵の恐ろしいまでの剣幕に、門番は慌てて背を向ける。

城内に飛び込み、暗い緑色の絨毯《じゅうたん》を早足で踏みしめていく。その様子に皆が兵を振り返る中、二階に上がり、通路の奥に立つ人物を見て声を上げる。

「リガン様！」

リガンと呼ばれた男は振り返り、慌てる兵の様子に眉根を寄せた。

良く肥えた四十代ほどの男である。口の上に綺麗《きれい》に形を整えた髭《ひげ》を生やし、眼光は鋭い。

リガンの前に移動した兵はリガンを真正面から見て口を開いた。

「伝令です。南方、ベーシュの町の上に謎の物体が飛行しているとのことです。それはこちらへ向かってきている、と」

「謎の物体？　まさか、大型のドラゴンではあるまいな？」

リガンが低い声でそう聞き返すと、兵は視線を逸《そ》らす。

「わ、分かりません。ただ、恐れながらドラゴンでしたら見間違いはしないかと……」

兵がそう告げると、リガンは静かに目を細めて押し黙る。兵の頬を汗が一筋伝い顎の下から雫《しずく》となって落ちた。

黙考していたリガンは、顔を上げて頷《うなず》く。

「分かった、退がれ」

「は、はっ！」

返事をする兵に背を向けると、リガンは奥の通路を曲がって階段を上った。

階段を上ると、兵が二人立っていた。

「御目通《おめどお》りを」

リガンがそれだけ言うと、兵の一人が素早く通路を歩いていき、大きな扉の前で止まった。

兵が去って暫《しばら》くすると、先ほどの兵が戻ってくる。

「どうぞ」

その言葉を聞くや否や、リガンは大きな扉の前に移動した。扉はもう開けられており、両開きの片方の扉をメイド姿の女が両手で持っている。

「失礼します」

リガンがそう言って中に入ると、分厚い絨毯の敷かれた薄暗い部屋には大きな机があり、その奥には長い白髪の男の姿があった。

六十歳前後ほどの頬がこけるほど痩せた面長の男だ。落ち窪《くぼ》み少し垂れた目がさながら骸骨を連想させた。

背もたれの大きい豪華な椅子に腰掛けたその男は、両手を机の上に置いて顔を上げる。

「どうした」

男の口から嗄《か》れた声がした。

「要領を得ませんが、南方から空を飛ぶ物体がこちらへ向かってきていると伝令がありましたので、念の為《ため》報告させていただきます」

「空を飛ぶ物体……」

リガンの報告に男は目を細める。

「……何か、見当はつくか？」

「……いえ、全く」

リガンの返答に、男は口の端を吊《つ》り上げた。

「面白い……こちらに向かっていると言ったな。見たいぞ」

そう告げて立ち上がった男に、部屋の隅にいたメイドが音も無く身を寄せた。

男はメイドの肩に手を置き、机の横を通ってリガンの方へ歩いてくる。

リガンは目だけを動かして、男の左脚を一瞥《いちべつ》した。

男の左脚は膝から下が無く、脚を包み込むように棒と輪が付いた義足のようなものを履いていた。

「今、それは何処《どこ》にある」

「ベーシュの町の上だそうです」

リガンの言葉に、男は黙って出入り口の大きな扉を眺めた。

「……国境を遥《はる》かに越えているな。それまで誰も気付かなかったわけでは無いだろう。ならば、伝令が馬を飛ばして走っても差を付けられなかったということか」

ブツブツと呟《つぶや》き、男はリガンを見る。

「今日か、遅くとも明日には帝都に着く。恐らく、ベーシュから帝都まで整った街道しかない平地だから伝令が先んじたのだ。速いぞ」

そう口にすると、リガンは眉間にシワを作った。

「空を飛ぶ物体……こちらには魔術師でしか対抗する術《すべ》はありませんな。機械大弓も上に向かっては射《う》てません」

「暇な魔術師は全員集めよ。高さによってはどうせ何も出来ん」

「はっ」

男は肩を震わせて笑い、自らを支えるメイドの肩を摑《つか》んだ。

「いまだ私の見たことが無いモノがあるか……面白いな」

男はそう呟き、また笑った。

《side. タイキ》

城の操作室に案内すると、エイラは興奮気味に周りを見回した。

「こ、これは……こんな部屋は見たことがありません。魔術の研究の為の部屋でしょうか？」

そんなことを言うエイラの前で画面を操作してみる。

すると、スクリーンに外の景色が映し出された。驚きに目を剝《む》くエイラに笑いつつ、カメラを地上に向ける。

山を越えて暫く森が続いていたのだが、どうやら平野に出たようだ。スクリーンには草原が広がっている。

と、スクリーンを眺めながらカメラについて説明していると、スクリーンの奥に何かが映った。

「……街だ」

思わずそう呟くと、エイラがスクリーンに顔を向ける。

そして、戸惑いを露《あら》わに口元を手で押さえた。

「……まさか、ベーシュの街？」

「知ってるの？」

尋ねると、エイラは食い入るようにスクリーンを見て答える。

「た、多分ですけど……あの大きな二つの塔は、ベーシュの街の特徴で……」

そう言われてスクリーンを眺めると、街を挟むように左右に大きな塔があった。斜め上からの映像だから塔の高さは分かりづらいが、相当な大きさに思える。

「ベーシュの街ってのは、どの国？」

「……ブラウ帝国の中ほどにある街です。私が住んでいたアツール王国と敵対関係にある、大国です」

不安そうな顔でそう言うと、エイラはこちらを見た。

いや、別にこんな所に降ろしたりはしませんよ？

不安そうなエイラを見つめ、安心させるべく笑いかけた。

◇　◇　◇

世界の南にあるリーラブラス山脈は三つの国を分断している。一つは山脈から見て南西にある小国のツィノー。一つは南東にある小国のアツール王国。

そして、もう一つが北にある大国、ブラウ帝国という国だそうだ。

エイラはアツール王国の町に住んでいたらしいが、帝国には良い感情を持っていないようだ。むしろ、意識的には敵国という感覚である。

「あの国は私が産まれる前はアツール王国と同じくらいの国力だったそうです。しかし、今の皇帝である、ケーニヒス・ブラウ皇帝が近隣の小国を攻めて属国にし、急速に大きくなっております」

そんな感じの説明を聞き、首を傾《かし》げる。

「てっきり王都とかに住んでたのかと思ったけど、エイラはもしかして帝国との国境に近い町に住んでたの？」

憎しみにも似た強い感情を感じてそう尋ねたのだが、エイラは視線を泳がせてから俯《うつむ》いた。

聞いてはいけないことを聞いてしまったのだろうか。

不安になった俺は、話を逸らそうと別の話題を必死に探すのだった。

《side. 帝国》
その男はメイドに肩を借りて立ち、休むことなく空を眺めていた。
ブラウ帝国の皇帝、ケーニヒス・ブラウである。白く長い髪が顔に掛かっても気にすることなく遠くを見つめるケーニヒスは、ただただ無言で空を見た。
城のバルコニーに立っているケーニヒスの後ろには椅子が置かれており、近くには豪華なローブを手にしたメイドも控えているが、ケーニヒスは見向きもしなかった。

「来た、来たぞ……！」

誰にともなくそう叫び、ケーニヒスが顔を上げた。前のめりになった身体《からだ》を支えようとメイドが腕に力を込める。

「お、おぉ……何だあれは……確かに、ドラゴンでは無い……」

ぶつぶつと呟きながら、ケーニヒスは目を細めた。

「何だ？　まさか、山が浮いているのか？　いや、上には何かが乗っているようだ……」

と、そこへ大人数を連れたリガンが姿を見せる。

「魔術師を集めて参りました」

そう言って現れたリガンとローブ姿の者達《たち》は、空を見上げて声を上げた。

「な、なんと」

「し、島が飛んでる？」

口々に驚きの声を上げる皆を眺め、ケーニヒスは鼻を鳴らした。

「あれは高過ぎて手が出ないな。だが、何が飛んでいるのかは気になる」

そう言うと、リガンのすぐ後ろにいる長い耳の男を見た。

「アイファ、飛翔《ひしょう》魔術が得意な者を五人選べ」

「はい」

アイファと呼ばれた男は長い金髪を揺らして背後を振り向き、すぐに五人の男女を選び出す。

「アイファは先導せよ。私はこの椅子に座る。他の者達は椅子を抱えて飛べ」

「は、はっ！」

ケーニヒスの言葉に、選ばれた五人は緊張しながら返事をした。

椅子にどっかりと座り、その周りに魔術師が並ぶ。

「行ってくるぞ」

「お気を付けて」

ケーニヒスの台詞《せりふ》に、リガンが頭を下げてそう言った。

「さぁ、行け」

指示を受け、皆がぶつぶつと口の中で呟き、アイファが先に飛び上がった。それに引っ張られるように、ケーニヒスの周りに立つ魔術師達も身体が浮き、ケーニヒスが座る椅子と共に空へと飛んでいく。

グングンと伸びるように速度を上げて上昇していくケーニヒスは、上から下に下がってくる雲や遠くなる地上の景色に口の端を上げた。

だが、徐々に上昇する速度を落としていく魔術師達。

高さは地上から千メートルほどだろうか。まだ速度を落とさずに上昇を続けていたアイファが失速に気が付き、戻ってくる。

「あまり無理をしない方が良いでしょう。飛翔魔術は多大な集中力を使います。限界を越えれば魔力の消費はそれだけ加速度的に増加致します」

「良い。此処《ここ》からでもかなり見やすくなった」

そう言ってケーニヒスが斜め上空を見ると、空を飛ぶ島と、その上にある城の屋根が辛うじて視界に入った。

「空を飛ぶ島……」

「た、建物が見えるぞ」

「城だ」

魔術師の一人が言った言葉をケーニヒスが訂正した。

徐々に顔が喜びに歪《ゆが》むケーニヒスに、顔を見た魔術師はギョッとする。

椅子の上で身体を震わせるケーニヒスは、噴き出すように大声で笑い出した。

「は、ははは、はははははっ！　なんということだ。空を舞う島、そして島の上に建つ城……いや、天空の城、か！」

一頻《ひとしき》り笑い、興奮を隠しもせずにアイファを見上げる。

「行けるところまで行って参れ！　天空の城の景色を見て、私に伝えよ！」

「はっ」

アイファは短く返事をすると、一気に高度を上げていった。その姿から目を離すと、ケーニヒスは少しずつ近付いてくる島に目を細める。

「この歳《とし》になってこれほど心が揺れるとはな。なんという雄大な姿だ！　まさに、神の住まう島に神の住まう城！」

そう叫び、両手を広げ、ケーニヒスは天空の城を羨望の眼差《まなざ》しで睨《にら》み据える。

「欲しい……何と引き換えにしようとも手に入れねば……！　あれが手に入るならば、他の何も要らぬわ！」

そう口にして、ケーニヒスは狂ったように笑い続けた。

《side. アイファ》

空へと舞い上がり、危なげなく高度を上げたアイファは、島の二百メートルほど下にまで到達した。

上昇を止め、アイファは近付いてくる島の威容に目を見開く。

岩肌が露出する島の下部には人工の壁や何かの設備らしき穴が見え隠れし、上部には広い庭園と無数の白い住居が見えた。そして、丘の上に聳《そび》える見事な城の姿。

「城と城下町がそのまま飛んでいるのか……」

アイファが呆然《ぼうぜん》とそう呟いた瞬間、島の下部から黒くて小さな何かが次々に現れる。

「……何だ？　まさか、攻撃か？」

そう口にして暫く黒い何かを観察していたアイファだったが、すぐに眼下に皇帝がいることを思い出し、下降を始めた。

「……もし攻められれば、帝国は何も出来ないな……」

冷静に状況を分析するアイファだったが、その顔は険しかった。

《side. タイキ》

ブラウ帝国の首都とやらに着いたので、カメラを起動した。どうせなら詳細に見ようと思って遠視カメラを選択する。

スクリーンに分割された画面が表示され、徐々に地上の映像が近付いてくる。

その中の一つを見て、俺は首を傾げた。

「ん？　人？」

映っていたのはローブをはためかせて空に浮かぶ人間だった。長い金髪が目を引く。

「おぉ、飛んでる！　あ、耳が長い？　耳長族？」

スクリーンに映る謎の人物に興奮していると、別のスクリーンを見るエイラが眉根を寄せて固まった。

「……まさか、皇帝……？」

「皇帝？　皇帝ってあの皇帝？」

エイラの呟きに思わずそう尋ねながら視線を向ける。

スクリーンには数人の空を飛ぶ人達がおり、真ん中には大きな椅子に座った老人の姿があった。王冠みたいなものは被《かぶ》っていないが、雰囲気で偉い人だと分かる。

痩せたその老人は、子供のように無邪気に笑いながらカメラを見ていた。椅子を持っている他の者達は慌てふためいているが、椅子が揺れようと気にもしていない。

と、先ほどの金髪の耳の長い人が老人の下に降りてきて、全員で下降を始めた。

「ま、間違いない……」

怯《おび》えたようにその老人の姿を見ていたエイラに、俺は成る程と頷く。

確かに、狂気を感じさせる老人だった。笑い方は子供のようでもあったけれど、それはつまり自分の欲求に素直なのかもしれない。

侵略者のトップがそんな老人ならば、エイラが恐怖心を抱くのも分かる。

無邪気に容赦無く、欲しいものは全て奪っていくに違いない。

「よし。じゃあ、エイラが怖くないように、アツール王国だっけ？　そっちに行こうか」

そう言って、タッチパネルに指を置く。

「え、あ、王国に、ですか？」

「ああ。そろそろ帰らないと親御さんが心配してるだろうし、ね」

ああ、言ってしまった。エイラの不安そうな顔を見て、思わず口にしてしまった。

エイラが帰ったら、また独りになってしまう。寂しくて死んでしまうかもしれない。

でも、それはエイラの家族にとっても同じことだろう。

俺は無理矢理笑顔を作り、口を開く。

「さぁ、行こうか」

自分に言い聞かせるようにそう呟き、方向は南東を選択した。時速も二十キロから百キロに上げる。

「明日には着くさ」

そう言って立ち上がり、エレベーターに向かうと、エイラは神妙な顔で付いてきた。

無言でエレベーターに乗り俯くエイラに、俺とA1は顔を見合わせる。

いや、A1はエイラを見てるのか。なんて奴《やつ》だ。まったく、困った紳士である。

食堂に向かい、料理をしようかと思って準備をし、何となく気まずいので話を振ってみた。

「料理、ちょっとやってみる?」

そう聞いてみると、無意識に椅子に座っていたエイラが慌てて立ち上がった。

恥ずかしそうな顔で隣に来ると、こちらを見上げて頷く。

「あ、は、はい! お願いします!」

「じゃあ、包丁の握り方からいこうかな」

そう言って、俺たちは並んで料理を始めた。

《side. 皇帝》

「街に城……空飛ぶ島……！　おぉ、何ということだ。これほどまでに昂《たか》ぶるのは久しく無いぞ」

興奮するケーニヒスに、アイファは厳しい表情で頷く。

「文明は高度であり、あの黒い物体が現れた島の下部には判断の難しい設備がありました」

そんなアイファの報告に、黙って話を聞いていたリガンが顎を撫《な》でながら唸《うな》る。

「想像もつかない高度な魔法技術……どちらにしても、あの高さではこちらから何も出来ません。更に、かなりの速度で離れていったのです。調査も出来ませんな」

「馬鹿を言うな。アイファならばあの島に辿《たど》り着く可能性があるではないか。すぐに書状と馬を用意するぞ。あぁ、いや、これを持て」

早口に捲《まく》し立てたケーニヒスが自らの右手から指輪を一つ取り外した。中指に着けられた指輪である。まるで骨を削ったような質感の白い指輪だ。

「グランドドラゴンの指輪だ」

「グランドドラゴンの……」

「国宝では無いですか」

指輪を受け取ったアイファが目を丸くし、リガンは渋い顔で指輪を見た。

「うむ。この帝国が退けてきた相手の中で最も恐ろしい、強大な相手であったな。結局、討伐までは出来ず撃退に止まった。その時の素材から作った指輪である。魔力や身体能力の向上といった効果のある、最高位のアイテムだろう」

驚くアイファの顔を眺めながら「本当ならグランドドラゴンの心臓か目玉を使ったものが作りたかったが」と言ってケーニヒスは笑う。

「……お借り致します」

応え、アイファはすぐに右手の中指に指輪をはめた。

「供を付けても良い。遅くならないように馬に乗り慣れた騎士が良いか？」

「それでは、体力のある若い者を二人お願いします」

「分かった。私の書状があれば帝国内では望むだけの支援を受けることが出来るだろう。だが、国外は別と考えよ」

「はっ」

あれよあれよという間に指示を終え、ケーニヒスは鋭く目を細めた。

「分かっているだろうが、何よりも優先すべき大役である。もし、私が島に行けるように出来たなら、お前の家族だけでなく、全てのエルフが一級市民となるだろう」

そう告げて、ケーニヒスはアイファの腕を横から軽く叩《たた》いた。

「そして、お前は魔術師としての貴族位だけでなく、上級貴族とすることを約束しよう」

ケーニヒスの言葉に周囲ではざわめきが起き、アイファは表情を引き締めて顎を引く。

「……承りました」

そう言ったアイファに、ケーニヒスは喉を鳴らして笑い、書状の用意をリガンに命じた。

第四章　初めての獣人

Heavenly Castle

「そういえば、タイキ様。この料理に使うお肉はどちらで？　牛などの家畜はいないのでしょう？」

「……え？　知りたい？　知らない方が良いこともあると思うけど」

そう答えると、エイラは不思議そうに頭を捻《ひね》った。

「良く分かりませんが、魔術の深淵《しんえん》を覗《のぞ》く行為に当たるのでしょうか。タイキ様の秘術であれば、残念ですが……」

一緒に料理を作って食べて少し気分が回復したのか、エイラは自然な態度に戻っていた。今も残念そうな表情をしているが、落ち込んだりはしていないそうだ。

ただ、肉の製造過程は見せられないだろう。最初にあの設備を見た時はショックを受けたものだ。なにせ、巨大な水槽内で小さな肉がプツプツと泡を出しながら、徐々に大きくなっていくのだから。

肉は水槽内を循環するように回り、目の粗い網に引っかかるほど大きくなると揺れる網の上を弾みながら回収される仕組みである。

ちなみに、鶏肉《とりにく》と豚肉、牛肉、魚肉は全て水槽が違い、横並びに一室に全て並んでいた。

エグい映像を見てからもうその部屋に入っていないが、肉は毎回いつの間にか冷蔵庫に届いているので有り難くいただいている。

「そういえば、王国のどの辺りに行けば良いかな？　一回上で遠くを確認しようか」

「あ、は、はい。宜《よろ》しくお願いします」

そう言って、エイラは手早く食器を手にシンクに向かった。少し慣れたのか、迷わずに食器を洗っていく。

「もう食器洗いはばっちりだね」

「あ、本当ですか？」

「うん、覚えが良いよ。これならすぐに料理も一人で出来るようになるかな」

そんな会話をして喜ぶエイラと笑い合い、エレベーターに向かって操作室に移動する。

スクリーンに地上の景色を映すと、南側に森が見えた。周りを観察すると、どうやらもうリーラブラス山脈の周囲に広がる森にまで来ていたようだ。

時速百キロをキープすると流石《さすが》に速い。

「というか、意外とブラウ帝国の領土が狭いのかな？　帝都まで行ったのに」

「ブラウ帝国は横に長い領土を持ってますから。それに、あのリーラブラス山脈は今まで誰も越えてきた者はおりませんので」

「つまり、山脈寄りに帝都はあるのか。近いわけだな」

しかし、陸地のど真ん中に首都を置くとなると、帝国は海や川には面していないのか？

「海とか川って開発進んでないの？」

「海は……やはり、ドラゴン並みに危険なモンスターが多いですからね。川ならば船なども多くありますよ」

「帝国には川は？」

普通ならば、文明は川の側《そば》で発達するものである。マヤ文明みたいなパターンもあるが、珍しいだろう。

しかし、エイラは予想外の答えを寄越《よこ》した。

「知っての通り、大河には主が棲息《せいそく》します。なので、主が入れないほどの、少し小さめの川が続く場所にて街が栄えます。帝国もその例に漏れず、東側に流れる大河から距離を置いて帝都が存在していますよ」

そんな話を聞き、成る程と頷《うなず》く。モンスターという存在はそれだけ多大な影響を与えるらしい。

まぁ、大型台風が毎日いたら離れて暮らすよな。

「ドラゴンとか、倒せないなら逃げるしかないもんなぁ」

小さくそう呟《つぶや》くと、エイラは首を左右に振った。

「伝説級で無ければ撃退したり、運が良ければ討伐も可能ですよ。ただ、あまりにも犠牲が多いのでしないだけです。タイキ様はそんな悩みはありませんよね」

そう口にして、エイラは困ったように笑った。

何と答えて良いか分からず曖昧に笑っていると、東のスクリーンに何か映った。

馬車が二台と馬のようである。

「何だろ」

拡大して見ると、馬が何かを追い掛けて森のすぐ側を走り、馬車がそれを追い掛けているようだった。

更に拡大し、馬の走る様子が鮮明になる。馬には鎧《よろい》を着た男が乗っていた。

「……尻尾が生えた人を追い掛けてる！」

馬の追い掛ける先を見て、思わずそう言った。エイラはスクリーンを悲しそうに見て、頷く。

「あの細い尾と耳は、猫の獣人でしょうね。獣人は高く売れますから、奴隷狩りに……」

「奴隷狩り？　え、捕まったら奴隷？」

驚いて聞き返すと、エイラは複雑な表情で口を開いた。

「ここはもう国境付近です。帝国も王国も騎士団などは殆《ほとん》ど派遣しておりません。あれが悪い奴隷商人の一味か、盗賊団なのかは分かりませんが、恐らく、捕まれば終わりでしょう……」

そう口にして、エイラはこちらを見た。

「……私がお願い出来ることではありませんが、どうか、あの獣人の方を助けてはいただけませんか？　私には、他人事《ひとごと》には思えないのです」

そう言って、エイラは深く頭を下げた。エイラも初めて見た時は追われていたから、もしかしたら奴隷狩りに遭っていたのかもしれない。

薄《う》っすらとそんな余計な詮索をしつつ、俺は頷いた。

「A1」

名を呼ぶと、巨軀《きょく》を誇る紳士は顔を上げる。

「出番だ」

◇◇◇

野卑な男の声と笑い声。そして、徐々に近付く蹄《ひづめ》の音。少し離れた場所からは地面を跳ねるように走る馬車の車輪の音も響く。

「逃すなよ、上玉だ！」

その音に追い立てられ、懸命に逃げている人影があった。

三角の耳と、スカートに穴を開けて外に出した長い尾の毛を逆立てた、淡い水色の髪の少女だ。

小柄な身体《からだ》で細い手足を必死に動かし、少女は涙を滲《にじ》ませて辺りを見た。

驚くような速さで走る少女だったが、やがて馬に追い付かれていく。

「おらぁ！」

馬に乗る男が怒鳴り声を上げて分銅の付いた縄を投げ、少女の足に巻きつけた。

「ぎゃん！」

悲鳴を上げて地面を転がる少女。速度が出ていただけに恐ろしい勢いで身体を地面に叩《たた》きつけられ、少女は地面にうつ伏せに倒れてしまう。

馬を止めた男は笑いながら降りた。追い付いてくる二台の馬車を横目に、男は倒れた少女に向かって歩いていく。

腰から短剣を抜き、左手で倒れた少女の肩を摑《つか》んだ。

「ツッ！」

直後、少女は振り返りながら小さなナイフを振るう。

硬い金属の当たる音が響き、少女の握るナイフの刃と男の短剣が歪《いびつ》な十字を作った。

「獣人ってのは気が強《つえ》ぇなぁ」

男は笑いながらそう言うと、ナイフを握る少女の腕を足で器用に踏みつけ、右手で頭を摑んだ。

「下手くそは気を抜いて嚙《か》まれるが、俺はそんな馬鹿とは違うからな」

「う、うぅ……」

余程強く握られているのか、少女は手足をバタつかせることも出来ずに悲鳴を漏らした。

やがて馬車が追い付き、馬車を走らせていた御者が馬車を止め、二人の男が降りてくる。

「おい、凄《すご》い転げ方してたぞ」

「治せないような怪我《けが》してねぇだろうな？」

口々にそんなことを言いながら現れた二人に、男は面倒臭そうに鼻を鳴らした。

「そんな失敗するかよ。ほら、奴隷印持ってこい」

「今やんのか？」

「こいつ、相当動くからよ。逃げられた時の為《ため》に先にしとこうぜ」

男がそう言った瞬間、少女は獣のような声を上げて暴れ出した。それを力尽くで押さえ付け、男は二人を振り返る。

「な？」

「お、おぉ。こりゃ元気が良いな。ほれ、奴隷印だ」

そう口にして、男は箱を取り出した。大きな鍵の付いた頑丈そうな箱である。箱を開けると、中から白い長方形の印鑑のようなものが現れた。

少女を取り押さえた男が顎をしゃくり、少女を見る。

「ほら、今のうちに押せ」

「い、いやぁ！　いやぁああっ！」

絶叫を上げる少女に、印を持った男は下卑た笑いを浮かべて近付いた。男が何か呟くと、印が薄っすらと緑色に光る。

「動くなよ？　一度押したら消えないからな。顔に印なんてあったら売り物にならねぇ……」

笑いながらそう言った男は、不意に姿を消した。

「あん？」

咄嗟《とっさ》のことで事態を把握出来ない男達《たち》は、奴隷印を手にしたまま後方に吹き飛んだ仲間を見て固まる。

そして、呆然《ぼうぜん》とする男の後ろに巨人がいることに気が付いた。

「なっ!?」

少女を取り押さえた男が声を上げた瞬間、間の抜けた顔で固まっていたもう一人の仲間は吹き飛んだ。

巨人が片手で横からハエを追い払うように腕を振ったのだ。だが、その勢いは凄《すさ》まじく、無防備だった男はボールのように吹き飛んで地面を転がった。腕が変な方向を向いたまま倒れた仲間を見て、男は慌てて立ち上がる。

「な、な、何でこんなところにゴーレムが……!?」

言いながら、男は少女を片手で摑み上げてゴーレムを睨《にら》む。

「魔術師は何処《どこ》だ!?　こ……」

声を荒らげた男は最後まで喋《しゃべ》る間も無く、少女を摑んだ腕と頭に強《したた》かな一撃を受けて昏倒《こんとう》した。

少女は地面に落ちて軽く頭を打ち、隣に倒れる男に気が付いて息を吞《の》む。

男の腕は折れた骨が皮膚を突き破っていた。

「あ、う……」

少女はゴーレムを見上げて怯《おび》え、後ろに少しずつ下がった。腰を抜かしてしまったのか、手足を不恰好《ぶかっこう》に動かして後退《あとずさ》りをする少女を暫《しばら》く眺め、ゴーレムは馬車の方へ歩き出した。

《side. タイキ》

「うわ、馬車の中も一杯捕まってるよ」

スクリーンに映し出された映像には、老若男女問わず複数人の獣人達が雑多に詰め込まれていた。屋根はあるが、牢屋《ろうや》のように鉄格子が四方を囲んでおり、中には椅子も何も無い。

二つの馬車の中で、怯えた様子を見せる獣人達。それを見て、エイラが眉根を寄せた。

「……酷《ひど》いですね。奴隷印を受けていなければ良いのですが……」

「奴隷印？　まさか、焼印かい？」

痛そうだなと顔を顰《しか》めていると、エイラは首を左右に振る。

「大昔は焼いた鉄ごてで背中に印をつけていたようですが、ここ百年以上は奴隷印という印をつけます。砂漠の大国が開発したものですが、一生消えない印ということで瞬く間に世界に広がりました。焼くのは付けられてすぐなら回復魔術で治せましたが、魔術を練り込んで付ける奴隷印は傷では無いので治せません」

「エグいなぁ」

エイラの説明に溜《た》め息《いき》を吐《つ》くと、エイラは表情を曇らせて顎を引いた。

「命令を強制する奴隷印も開発中らしいのですが、幸いなことに現段階では軽い罰を与える程度の力しかありません。身体が痺《しび》れて動けなくなるくらいですね。ただ、動けなくなったところを鞭《むち》で打たれますが……」

「うわ、怖……何処の世界の人間も酷いことを思いつくもんだ」

そう答えて、俺は画面に指を伸ばした。Ａ１の項目に指を置き、口を開く。

「皆を連れてこれるかな？　一先《ひとま》ず避難させよう」

そう言うと、Ａ１は馬車を両手で持ち上げた。

◇◇◇

悲鳴と絶叫が幾重にも重なって響く恐怖の馬車が天空の城に到着した。

馬車の中を見ると、泣き叫ぶ者や失神した者、身を寄せ合ったままガタガタと震える者など、阿《あ》鼻《び》叫喚《きょうかん》の地獄絵図と化している。

二つの馬車を順番に運んだＡ１が最後の馬車を地面に下ろすと、御者席に必死にしがみ付いて震える少女の姿があった。

「車で移動とかしてもネコって凄い怖がるもんな」

ペッタリと伏せられた猫耳を見ながらそう納得していると、エイラが困ったように口を開いた。

「……どうやら、何人かは奴隷印を既に……」

「消せないんだっけ？」

「はい……」

意気消沈するエイラに、俺は溜め息を吐いて少女に目を向ける。

すると、馬車の御者席でこちらを睨みながら震える少女の姿があった。

「大丈夫？　危なかったね」

そう声を掛けながら近付くと、少女がナイフを構えてこちらに向き直る。

荒い呼吸を繰り返し、怯えたような眼《め》で威嚇する少女。手を出せば引っ掻《か》かれる。

ぼんやりとそんなことを考えつつ、俺は両手を広げて笑った。

「怖くないよ？　ほら、武器も何も持ってない」

そう告げると、少女は眉尻を下げて首を竦《すく》める。

可愛《かわい》い子だな。

場違いにもそんなことを思った。中学生くらいに見える小柄な身体と、その体形に良く合う幼げな顔と大きな丸い目。うん、マタタビあげたい。

そんなことを思いながら微笑《ほほえ》んでいると、フラッと少女の身体が傾いた。力が抜けたように馬車から落ちそうになり、まるで予測していたかのように自然に動いたＡ１に支えられた。

どうやら気を失ったらしい。

「とりあえず、申し訳ないけどそっちで寝ててもらおうか。馬車壊せるかい？」

そう言うと、Ａ１は一瞬周囲を確認し、城の壁で木陰になる地面に少女をふんわりと下ろした。

そこへ、エイラが付き添うように隣に座る。

そして、Ａ１は馬車に近付き、馬車の鉄格子を両手で握って広げた。バリバリと屋根と床の繋《つな》ぎ目が割れ、中から絶叫が響き渡る。

物凄《ものすご》い怯えさせてしまった。

人一人分が出られる隙間を作っても、今のところ誰も出てくる気配が無い。仕方がないので、もう一つの馬車の鉄格子もバリバリにした。

すると、こちらは隙間が出来てすぐに、一人の男が顔を出した。浅黒い肌に黒髪の五十代ほどの男だ。彫りが深く、無精髭《ひげ》を生やしている。筋肉質な身体ということもあり、何かの武術の達人のような迫力と雰囲気を持った男だ。

だが、可愛らしい猫耳とふりふり揺れる尻尾が生えている。

「……私はバルト。名前を聞かせてもらっても良いだろうか」

バルトと名乗った猫耳の男は緊張した様子でそう口にした。

「俺はタイキです。宜しくお願いします」

軽く頭を下げてそう言うと、バルトは目を瞬かせながら会釈を返す。

「た、助けてくれた、と思っている。それについて、最大限の感謝を……だが、この城はいったい……」

動揺しつつ、バルトは咳払《せきばら》いをして周りを見た。

「うーん……空を飛ぶ城、ですかね？　住みやすいですよ？」

「そ、空を飛ぶ城……？　それは、やはり魔術で……いや、愚問だったか。そのゴーレムを見ても、この空を飛ぶ城を見ても、タイキ殿が伝説の大魔術師であることは間違いない。我々が生きるも死ぬもタイキ殿の手の上というわけだ」

緊張感を滲ませた顔で言われたバルトの言葉に、俺は苦笑して首を左右に振る。

「そんな大それた存在じゃないですよ。なぁ、Ａ１」

俺がそう言ってＡ１に語りかけると、答えを濁すように顔の向きを変えて視線を外した。仕方なくエイラに顔を向けたが、エイラも曖昧に笑うだけで同意してくれなかった。

「……まぁ、こんな感じの存在です」

苦笑いしながらそう答えると、バルトは目を丸くして俺とＡ１、エイラを順番に眺め、ついには吹き出した。

「ふ、はっはっは！　皆、大丈夫だ。出てこい」

バルトがそう言って馬車から出てくると、釣られるように他の人達も馬車から降りてきた。気を失った老人や女の人もいたが、他の人が担いで一緒に出てくる。

皆は馬車の前に座り込むと、何度も頭を下げた。

「あ、ありがとうございます。ありがとうございます」

「何とか、全員が奴隷にならずに済みました」

口々に感謝の言葉を言われ、俺は恐縮しつつ苦笑する。

「助けたのはコイツですからね。お気になさらず」

そう言うと、ざわざわしながら皆はＡ１を見上げた。

「こんなゴーレムは初めて見た」

「あぁ、それに凄い動きをしたぞ」

「やはり、大魔術師様なのか……」

こちらをチラチラと見ながらＡ１と俺に対する会話がなされている。なんとも不思議な気持ちになりながら、俺はバルトを見た。

「とりあえず、この城に滞在してもらっても良いけど、どうします？」

そう尋ねると、バルトは複雑な顔で皆を見た。他の人達はお互いの顔を見合わせている。

「……我々は、あの魔の森を鎮める為の祠《ほこら》を守る護人《もりびと》と呼ばれる一族だ。普段ならばあんな盗賊くずれに遅れはとらないのだが、家族を人質にとられてな……あわや、役目を果たせないところだった。だが、タイキ殿が助けてくれたことで、また祠を守ることが出来るだろう」

「では、またあそこへ？」

そう聞き返すと、バルトは申し訳無さそうに深く頭を下げた。

「助けてもらっておいて、厚かましいことを口にしているのは重々承知している。その高度なゴーレムを動かす為に多大な魔力が必要であることも分かっているつもりだ」

そう言って、バルトは顔を上げた。

「それでも、我々を、あの場所へ降ろして欲しい」

バルトの真剣な目を見つめ、俺はA1と顔を見合わせた。魔力なんて言われても良く分からないが、良く考えたらA1ってどうやって動いてるんだろう。

やはり、太陽光だろうか。

どうでも良い事を考えて笑い、バルトに向き直る。

「良いですよ。A1ならササッと運んでくれますから」

「……感謝する」

深く頭を下げるバルトに苦笑していると、ふと、奥に座る老人が顔を上げた。

「バルトよ」

名を呼び、老人は立ち上がる。深いシワの刻まれた年寄りらしい年寄りだ。白髪《はくはつ》は白髪《しらが》だろう。

「今回、残念ながら三人は奴隷の印を受けてしもうた。その者達は、悪いが護人《もりびと》としてはやっていけないだろう」

老人が哀《かな》しそうにそう口にすると、バルトが悔しそうに歯を噛み鳴らす。

そういえば、奴隷印を付けられた人は魔法的な感じで拘束されちゃうんだっけか。それだと、確かに今後も人質に取られて同じ事態を引き起こしちゃうんだろうな。

大変だなぁ、なんて思って見ていると、バルトは眉をハの字にした情け無い顔をこちらに向けた。

「……申し訳ない。奴隷印を受けてしまった者三人を匿《かくま》ってもらえないだろうか。何処か、獣人達が暮らしていける場があればそこで降ろしてもらっても良い。だから……」

「ああ、いや、大丈夫ですよ。ほら、住む家は余ってますからね。良かったらそこの家か城に住んでもらえれば」

「……重ね重ね、感謝を」

また深く頭を下げるバルト。気苦労が多そうである。

「それで、その三人というのは……」

そう言って皆を見回すと、気の強そうな二十代後半ほどの女の人が立ち上がった。そして、皆の視線が気を失った四十代前後の女の人と、その肩を支えるように持つ三十代くらいの男へと向く。

「私の妻トレーネとその妹シュネー、そして弟のラントだ。妻を含めて妻の兄弟全員が気が強くてな……暴れ過ぎた為に……」

悔しそうにそう言うバルトに、俺は深く納得する。

バルトの嫁とその兄弟か。確かに、離れ離れになるのは嫌だよな。何となく、エイラが看《み》てくれている気を失った女の子にも似てる三人だが、もしかして四人兄弟だったりして。

「たまに戻ってきましょうか？　そうしたら、その時は会えますよ？」

そう言うと、バルトは嬉《うれ》しそうに顔を上げた。

「本当か！　それは有り難い……！」

本当に嬉しそうに返事をしたバルトに、俺も少し嬉しくなった。奥さん大好きなんだろうな、バルト。

◇　◇　◇

ある程度話がまとまり、さてA1に皆を降ろしてもらおうかと思った時、後方でエイラの声がした。

「あ、あの……」

振り向くと、あの気を失っていた少女がエイラの首元にナイフを押し付けながら背後に立っている。

「み、皆を解放して……！」

小柄な見た目通りの鈴が鳴るような声でそう言われ、何となくバルトを振り向いた。すると、血の気が引いて真っ青になったバルトの顔があった。

「や、止めないか、メーア。タイキ殿は我々を助けてくれたんだぞ！」

バルトの怒鳴り声を聞いて暫く考えるように周囲を見る、メーアと呼ばれた少女。

両手を広げて青い顔をするバルトと、その前で棒立ちした俺。そして、馬車の前に拘束もされずに並ぶ家族達。

それらを見た後で、メーアはナイフを突き付けているエイラに視線を移す。

ジッと、真っ直《す》ぐメーアの瞳を見つめるエイラの視線に、額に汗がプツプツと浮いている。

「ご、ご、ごめんなさい！」

ナイフをエイラから離し、メーアはその場で跪《ひざまず》いて謝った。エイラの首に傷は無いようだ。

ホッとしていると、バルトが勢い良くこちらに頭を下げる。

「す、すまなかった……！　タイキ殿の奥方に手を出すなど、恩を仇《あだ》で返してしまった……！」

「お、奥方……!?」

バルトのセリフに、後方から驚愕《きようがく》する声が聞こえてきた。エイラである。

少しショックを受けながら、俺は軽く手を左右に振る。

「いやいや、一時的な同居人ですよ。これから元の家に送り届けるところですから……」

話の流れで、口にしたく無い事実を口にしてしまった。自分のセリフに微妙に凹《へこ》んでいると、バルトは難しい表情でエイラの方を一目見た。

「なるほど、そうだったのか。しかし、同居人であろうと刃を向けてしまったのは事実……誠心誠意お詫《わ》びをさせていただく。メーア！」

「は、はい！　ご、ご、ごめんなさい！」

「まぁ、何も無くて良かったですよ。それじゃあ、地上に降りる方は馬車へ」

何とか場が落ち着き、奴隷印を付けられてしまったバルトの奥さんとその弟妹三人を残して全員が馬車へ乗った。

すると、メーアが戸惑いつつバルトに顔を向ける。

「あの、お母さん達は乗らないの？」

不安そうな声でそう言うメーアに、バルトが眉根を寄せた。というか、メーアはバルトの娘なのか。

「トレーネ達は奴隷印をその身に受けてしまったのだ……悲しいが、祠を守ることは出来ないだろう。メーア、お前はお父さんと一緒に祠を……」

「やだ！　それなら私はお母さんと一緒に残る！」

「メーア!?」

メーアの発言に、バルトはこの世の終わりのような顔をした。まぁ、ちょうど父親と気まずい年頃だよな、多分。

何と無くバルトとメーア双方の気持ちが理解出来たので、一つ提案をしてみる。

「……どうでしょう。一先ず、少しの間メーアちゃんをここで預かり、お母さんや叔父さん叔母さんと一緒に過ごさせてみては」

「……い、いや、お待ちいただきたい。恐らく、メーアはまだ話を理解していないに違いない。いいか、メーア？　お母さん達に会えなくなるわけでは無いのだ。時々は来てくれるとタイキ殿も言ってくれている。だから、我々は祠を守るという本分を……」

「やだ！」

「メーア!?」

この世の終わりのような顔をするバルト。

その様子に苦笑しつつ、俺はもう一度提案を口にしてみる。

「例えば……半年ほどしたらまた戻ってきましょう。その時に、またメーアちゃんにどちらか選んでもらっては？」

「は、半年……いや、さ、三ヶ月で……」

悲しそうな顔のバルトに頷き、俺はメーアを見た。

「それじゃあ、三ヶ月ここに住んでみるかい？」

そう言うと、メーアは輝くような笑顔で頷いた。

「うん！　あ、お願いします！」

元気良く返事をして馬車から飛び降りたメーアに、バルトは深刻そうに口を開く。

「良いか、メーア。また三ヶ月したら、お父さんと会えるからな。それまで、寂しくても……」

「うん、分かった！」

心温まる親子の会話を聞きながら、俺はA１に指示を出した。馬車をA１が持ち上げる様子を眺

めて、何とか一台の馬車に入りきったバルト達に目を移す。

「それでは、また三ヶ月後に」

こうして、バルト達は地上に戻っていった。バルトの家族への愛情にほっこりしながらも、奇《く》しくも単身赴任みたいな状況になったことに苦笑する。

いや、単身赴任のお父さん方の方が中々家に帰れなかったりするのではなかろうか。

一方で、バルト達が地上に降りた後にバルトの妻、トレーネが気が付き、妹のシュネーと弟のラントが状況説明をした。

トレーネは布と皮を張り合わせた独特な服の袖を捲《まく》り、右肩に付いた奴隷印を眺める。メーアも心配そうにその様子を見つめる中、トレーネは困ったように笑ってメーアの頭を撫《な》でた。

「まぁ、そんなことが……確かに、奴隷印があっては祠は守れないわねぇ」

おっとりとした口調でそう呟くと、トレーネはこちらに身体の正面を向けて頭を下げる。頭の前に両手を置く土下座スタイルである。

「この度は、我々を救っていただき誠にありがとうございます。どんなことをしてでもこのご恩は返していきますので、これから宜しくお願い致します」

美人の人妻から土下座されてしまった。

何故《なぜ》かそんな言葉が頭の中で躍り、俺は内心慌てふためきながらトレーネの前に正座をする。

「いえ、たまたま通りがかっただけですので、あまり気になさらず……ああ、良かったら野菜や果物、薬草の収穫を手伝っていただけたら有り難いですね。良かったら、後で住む場所も含めて島の中を案内します」

そう言って会釈すると、トレーネは目を丸くしてマジマジと俺を見上げた。その背後ではシュネーとラントも驚いている。

お礼を言いつつ、トレーネは俺とＡ１、そして天空の城を順番に見比べた。

そして、メーアに顔を向ける。

「メーア。あなた、そろそろ婚姻とかどうかしら？」

おっとりした口調で、トレーネはとんでもないことを口走った。それには俺ばかりでなく、メーアも絶句である。

「ちょ、ちょっと若過ぎますよ。まだ十五歳にもなってないんでしょう？」

苦笑しながらそう言うと、後ろからエイラが「そ、そうですよね。まだお子様ですからね」と、少し棘《とげ》のあるフォローが入った。

そういう意味で言ったわけでは無くても、思春期の女の子は難しいと聞く。当然、子供扱いされたメーアは頬を膨らませる結果となった。

トレーネは困ったように笑い、頷く。

「ああ見えて、あの子は十五歳ですよ。結婚も出来る年齢です。勿論《もちろん》、最初はメーアをじっくり見て考えていただきたいと思っています。じっくり考えてみてください。少々お転婆《てんば》で、落ち着きが無くて、天邪鬼《あまのじゃく》なところがあるかもしれませんが、本当はとても良い子なんです。初対面ではどうしても誤解されがちなのですが、本当ですよ？」

トレーネのそんな台詞《せりふ》にメーアが顔を背けて口を尖《とが》らせた。拗《す》ねつつ照れるという不思議な状態だろう。

「分かってますよ、良い子なのは。さぁ、とりあえず……」

お食事でも、と言い掛けて、俺はメーアのことを思い出した。

「あ、メーアちゃんの傷、一応しっかり見ておこうか」

「え？」

疑問符が皆の頭に浮かび、トレーネが代表して口を開く。

「お医者様、でもいるのですか？」

「タイキ様。回復魔術で治せるのでは？」

トレーネの疑問にエイラも疑問を足してきた。そうか、魔術師と思われてるんだっけ。

「怪我だけ治しても、その傷口からばい菌が入ってたりしたら大変だよ？　精密検査はしといた方が良い」

首を傾《かし》げる一同を尻目に、俺は城の正門を振り向いた。

◇　◇　◇

「な、なんという……」

「うわ、勝手に開いた!?」

「床が、う、動い……」

城の中を移動してエレベーターに乗ったのだが、皆猫耳と尻尾を垂らして青い顔になってしまった。どうやら、この人達は城の中で暮らすのは厳しそうである。

苦笑しながら三階に着き、エイラとA1を連れて一足先にエレベーターから降りた。

すると、背後から悲鳴に似た叫び声が上がる。

「こ、これは……」

「ゴーレムが、こんなに!?」

シュネーとラントの声だ。見ると、メーアは毛を逆立てて固まっており、トレーネは目を丸くしている。

「こっちですよー」

そう言って先に行くと、少し遅れながらもトレーネ達は後を付いてきた。

医療室に入り、日焼けマシンに似た機械を見てハッとする。

そうだ。あの機械は様々なプライベート情報が表示されるセクハラマシンだったではないか。

どうしよう。そんな機械を皆の前で起動するのは……いや、これは医療行為。実際の医者だって診察をするが、エッチな気持ちなどカケラも持っていないはずだ。

「それじゃ、此処《ここ》に寝てくれる？」

そう言うと、メーアは何度かトレーネを振り返ったが、背中を押されてこちらへ来た。

恐る恐る寝台に入って仰向《あおむ》けになったので、俺はそっと画面に触れる。画面が黒くなり、自動的に蓋が閉まった。

覗き窓から中を見ると、ライトアップされたメーアが思い切り強張《こわば》った表情をして固まっていた。

「よし。それじゃあ、これから診察をしますので、そちらで待機していてくださいね」

そう言うと、皆は壁際に立った。それを確認してから画面を触り、診察を開始する。

少しすると、メーアの情報が表示され始めたので、視線を逸《そ》らす。

ただ、一瞬目に入った情報に十四歳とあった気がしたが、気のせいだろうか。

暫く待っていると、そわそわした様子のシュネーが眉をハの字にしてこちらを見た。

「あ、あの、メーアは今、どうなって……？」

気の強そうな雰囲気だったのに、シュネーはすっかり小さくなってそう言った。答えようと口を開くと、ちょうどタイミング良くセクハラマシンから音が聞こえてくる。

『ピピピピッ』という電子音にシュネー達だけでなくエイラまで驚いていた。

「あ、結果が出たみたいなんで、どうぞこちらに」

そう言うと、皆が画面の前に並び、ライトアップされたメーアと表示された数字を見る。

「これは……？」

「メーアの健康状態みたいな感じですよ」

軽く説明していると、最後に打撲二箇所、擦り傷五箇所、ビタミン等の栄養不足。打撲、擦り傷治療済み。といった情報が表示された。

そして、蓋が自動的に開いた。不安だったのか、メーアは飛び出すようにトレーネの下へと走り、抱き付いた。その様子に苦笑しながら、画面に目を向ける。

「少し怪我してたみたいですね。そっちはもう治ってると思いますが、ビタミン不足とあります。野菜とか果物とか、あんまり食べませんか？」

尋ねると、トレーネは苦笑いをして頷いた。

「確かに、我々はあまり野菜を食べません。果物は取れれば食べるのですが、最近はあまり……」

「皆さんですか」

「お恥ずかしながら」

俺とトレーネがそんな会話をする中、メーアは自分の身体を触って何かを確認しているようだった。

「じゃあ、ご飯にしますか。エイラ、手伝ってくれる？」

「は、はい！　頑張ります！」

練習中だし丁度良いかと思ったら、エイラはかなり気合いの入った返事をしてきた。空回りしそうである。

少し不安に思いながら二階に降りて、皆で食堂へと移動した。

「私とシュネー、メーアもお手伝いさせていただきます。ラントは料理が出来ないので、後片付けを」

「それは助かりますね」

トレーネの発言に俺は素直に喜んだが、エイラは逆に緊張してしまったらしい。硬い表情で食材の下拵《したごしら》えを始めている。

「こうやって切ると食べやすくて良いかも」

「は、はい！」

ガチガチのエイラに苦笑しながら俺も料理に取り掛かる。

調理器具や厨房《ちゆうぼう》設備に驚きながらも調理は進んでいき、ぎこちないエイラを何故かメーアがフォローしたりしていた。

意外と一緒に料理をするというのは良いコミュニケーションになるのかもしれない。

そんなことを思いつつ、野菜炒《いた》めとベーコンのジャーマンポテト、マヨネーズのパスタサラダを大皿に盛る。主食にはご飯とトーストを用意してみた。ご飯は食べるだろうか。

皆で大皿を抱えつつ食堂に戻るとラントが立って待っていた。

「さぁ、皆で野菜を食べよう」

そう言って皿を並べると、猫獣人達は何か不思議なお祈りをする。片手を胸の前に置き料理を見つめる四人。

「いただきます」

「いただきます」

俺とエイラは両手を合わせてそれだけ言い、料理に向き直った。

野菜炒めは醬油《しょうゆ》少なめにしたので個人的には物足りないが、ジャーマンポテトとパスタサラダは良い味だった。

皆も目の色を変えて食べている。

「……本当に美味《おい》しい料理ばかりでした。餓《う》えた子供のような姿を見せてしまって、恥ずかしいばかりです」

食事を終えると、トレーネが頬を赤らめながらそう言った。ちなみに、皆一度はご飯に手を伸ばしたが、結局最後はパンを食べていた。悲しい。

食事を終えてまた外に向かう。何となくトレーネ達が、いや、メーアが先ほどよりも近くを歩くようになった気がする。

餌付けしたみたいで少し面白い。

城の外に戻り、トレーネ達に振り向く。

「東側と西側に家が並んでるけど、何処に住みたいですか？　城の中はエレベーターが怖いでしょうし」

そう言って笑うと、トレーネ達は話し合い、西に住むことにしたようだ。

白い家が並んでいるのを見て喜び、室内の様子にまた喜ぶ。実は、白い家には水とお湯が通っていたり、トイレは洋式の水洗だったり、シャワーが付いてたりする。至れり尽くせりである。

しかし、何の都合なのか電気は無い。灯《あか》りはオイルランプである。オリーブオイルとかもあるので問題は無いが、個人的には少し面倒臭い。

が、トレーネ達にとっては、元々の生活よりも遥《はる》かに質は向上したらしい。

こっちが驚くほど本気で喜んでいた。

後は畑や温水プールの設備を教えて解散となった。

エイラとＡ１を連れて城に戻ると、エレベーターの中でエイラがクスリと笑みをこぼす。

「どうしたの？」

「あ、いえ、何でもありません」

「そう？」

顔を見ると、エイラは何故か嬉しそうにこちらを見上げていた。

ああ、バルト達を助けることが出来て嬉しいのかな。優しい子だ。

なんとなく、そんなことを思って温かい気持ちになる。

「タイキ様」

「ん？」

「メーアちゃんと婚姻の話が出た時、どう思いました？」

「いやいや、若過ぎるよー」

「じゃあ、メーアちゃんが、十六歳とかだったらどうですか？」

十六歳。女子高校生。

「いや、それでも若いなぁ。やっぱり、十九か二十になったら考えるかも？」

特に深く考えずにそう答えると、エイラは複雑な表情で何度か頷く。

「同じ年齢くらいの方が良いのですね？」

難しい顔でそう言われて、俺は頭を捻った。同じ年？

「あ、俺二十三だけど」

そう告げると、エイラの周囲の時だけが凍り付いたように止まった。

◇◇◇

白い家の中を掃除した四人は、一室で顔を見合わせて座っていた。

「しかし、まさか伝説の大魔術師様に助けられるなんて、な……」

何処かボンヤリした様子でラントがそう呟く。

「あのゴーレムの数があったら、どんな国でも相手にならないね」

シュネーが頷きながらそう言うと、メーアが目を輝かせて三人を見た。

「明日は色々探検に行きたい。凄いものばっかりで面白い！」

溢《あふ》れる好奇心を抑えられないメーアに、苦笑しながらシュネーが首を左右に振る。

「まずは畑だよ。凄く広かったからね。皆で手分けして収穫可能なものがあるか見ようか」

「むぅ」

「しっかり働かないと、私達は匿ってもらっている立場なんだから……何もしなくても捨てられそうにはないけどね」

シュネーが困ったように笑うと、ラントが深く頷いた。

「確かに。随分と人が良さそうだ。タイキ様が何者かに騙《だま》されたりしないように、我々が目を光らせねば」

そんなことを言ったラントは、静かに何かを考えるトレーネに目を向ける。

「……どうかしたか？」

ラントに声を掛けられると、トレーネは頬に手を添えて息を吐いた。

「タイキ様と一緒にいたエイラちゃんって子、何処かで見たことがあるような気がするのよねぇ。気のせいかしら」

◇　◇　◇

目覚まし時計の電子音が聞こえ、布団から手だけを出して時計の上に手を置く。

音が止まると、掛け布団を被《かぶ》ったまま数秒ボンヤリとダラけ「よいしょ」と声を出して上半身を起こした。

顔を洗い、着替えてから階段を降りる。

「おはよう」

階段下で待っていたＡ１に声を掛け、エレベーターに乗った。

二階に降りて通路を歩いていくと、食堂から光が漏れている。

「あ、おはようございます」

「おはよう。随分早いね」

入ると、食堂でテーブルを拭くエイラの姿があった。挨拶を交わし、ピカピカになったテーブルに微笑む。

「よし。エイラが準備もしてくれたことだし、もしかしたら一緒に食べるかもしれないからトレーネさん達を迎えに行こうか」

そう言うと、エイラは返事をして駆け寄ってきた。

エイラとＡ１を連れて一階に向かうと、何故か正門前で門番ロボット二体が門を押さえて立っている。両手を門に押し当てて仁王立ちする二体を見て、首を傾げた。

「……なんかあったのかな？　開けてくれるかい？」

そう聞いてみると、二体はゆっくりとした動作で門を開け始める。

もしかして、門の建て付けが悪くてガタガタになっちゃった？

我ながら貧乏性な推測をしていると、開かれた門の向こうに小さな人影が立っていた。

「メーアちゃん？」

名を呼ぶと、人影は少し拗ねた様子で顔を上げる。

「……おはよう、ございます」

「おはよう。どうかしたかい？」

メーアは何とも言えない表情で頷く。

「タイキ様に収穫した野菜とかを持っていこうと思ったけど、追い出されました」

「へ？　誰に？　まさか、門番の二人？」

そう言って門の後ろに立つ二体を指差すと、メーアは無言で首肯した。

外からの侵入者ならともかく、島に住んでる人もダメなのかな？

そう思ってエイラを振り向く。

「エイラ、ちょっと外に出てみてくれる？」

「あ、はい。分かりました」

エイラだけ外に出て門を閉める。ノックの音がすると、門番の二体が少し門を開け、エイラが城内に入ろうとすると進行方向に手を置いてブロックした。

城の中に住んでいるエイラが入れない？　もしかして毎回この二体に許可を出さないといけないのだろうか。

エイラを迎えに行き、ふとあることを思い出した。

「あ、分かったかも。ちょっとおいで」

そう言って二人とA1を連れてエレベーターに戻り、怯えるメーアの背を押して操作室へと向かう。操作室に着いて、目を瞬かせるメーアに笑いながら、操作画面へと歩み寄った。

画面に指先を当てて操作していくと、承認という画面に辿《たど》り着く。

かなりの数がある項目の中に、新規入居という文字を見つけた。この画面を当たり回していた初日に見つけていたのだが、うっかり忘れていたのだ。

その文字を指で触ると、二人と思《おぼ》しき人間女十六歳と猫獣人女十四歳の文字が。

「十四歳？」

エイラが画面を見てそう呟くと、メーアは視線をそっと逸らした。

「後、三ヶ月で十五歳、です」

二人の様子に苦笑しながら、俺はまずエイラらしき人間女の項目を選択した。

するとと、あのセクハラマシンに表示された全データがビッシリと現れる。

「…………おや？」

さも初めて見たといった雰囲気を作り出して隣を見たが、既にエイラは涙目で耳まで真っ赤になっていた。

どうやら、この世界でもスリーサイズは数字だけで意味が通じるらしい。悪気はなかったのだが、少し見てしまったのは間違いないのでバツが悪い。

ちなみにメーアは良く分かってなさそうだった。まぁ、服装的に詳細な採寸とかしてなさそうだしな。

「えっと、なんかゴメン」

「い、い、いい、良いのです。わ、私の……くぅ……」

挙動不審になったエイラに合掌しつつ、俺は画面の下にある項目を確認する。

一階は門、エレベーター、塔などの項目があり、二階はエレベーター、厨房などである。

どうやら、これにチェックを入れておけば好きに城内を歩けるようだ。

「ん？　ということは、エレベーターも一人じゃ乗れなかったのか？」

そう尋ねると、エイラが頷いた。

いつも二階で解散していたから分からなかったのか。

一人で納得し、二人には全ての場所へ行けるようにチェックを入れた。

だが、操作画面の項目のロボット関連や防衛設備関連などはロックしておく。この辺りは間違えて操作されたら大変だしね。

「よし。それじゃあ、トレーネさん達を呼びに行こうかな」

「ん？　なんで、ですか？」

「皆で朝ご飯でも、と思ってさ」

そう言って笑いかけると、メーアは少し驚いたような顔をして頷いた。

◇　◇　◇

トレーネ達を迎えに行くと、誰もいない白い家が待っていた。辺りを見回しても気配すら無い。

「あれ？　何処行ったんだろう？」

そう呟くと、メーアが庭園の方を指差した。

「多分、野菜の収穫、だと、思います。収穫時期じゃ無さそうな野菜とかまで熟れていたみたいなので」

「あれ全部収穫しようとしているのか！　そりゃ大変だ」

メーアの台詞に驚き、俺は慌ててトレーネ達を捜しに走った。

段々状になった庭園を見れば、既に籠山盛り一杯に野菜を収穫した三人の姿がある。

「おーい！」

声を掛けると、それなりに近くにいたラントとシュネーはともかく、かなり離れた場所にいるトレーネも反応した。

「おはようございます」

そう言って、三人は収穫したばかりの野菜が入った籠を背中に担いで歩いてきた。

大量である。恐らく、全員で頑張って食べて一ヶ月分くらいあるだろうか。

「うわぁ！　いっぱいとれたね！」

「はい。タイキ様だけでなく、まだお会いしていない大魔術師様の分まで収穫しておこうと思いまして」

一番にこちらへ辿り着いたラントにそう言われ、俺はきちんと情報を伝えられていないことに気が付いた。

「あ、ごめんなさい。島には誰も住んでないって言ったのを勘違いしたんですね。城にも、今は俺とエイラしか住んでないんですよ」

「……え？」

と、唖然《あぜん》としたラントとシュネーの顔を見たところで、改めて城と島を合わせた人口の話と、野菜がどれくらいの頻度で出来上がるかを教えた。

あとは、お昼ちょうどになったら毎回ロボットが自動で水撒《みずま》きをし、一週間に一回別のロボットが木々や野菜の葉などを切っていき、庭園の外観を揃《そろ》えてくれることも教える。

ただし、収穫はしていないので、せっかく出来た作物も切られた枝や葉と一緒に棄《す》てられてしまうのだ。

「えぇ！　勿体無《もったいな》い！」

珍しくシュネーが大きな声を出した。

「まぁ、毎週収穫出来ますからね。枯らさないように気をつけて、この人数が食べられるだけの分を収穫してくれたら大丈夫ですよ」

そう言うと、三人は成る程と頷くと「そんな畑聞いたこともありませんが、大魔術師様ならば納得です」みたいなことを言っていた。

まぁ、こんなとんでもない環境俺だって信じられないしね。仕組みとか考え出したら、気が付いたらお爺《じい》ちゃんになってしまいそうだ。

「それじゃあ、皆さんが収穫してくれた野菜を使ってお食事としましょう」

そう言って一先ず話を打ち切ると、何故かメーアの腹が音を立てて鳴った。

皆からの視線を受けて、メーアは怒ったような顔をして自らのお腹《なか》に手を置く。

「……………お、お肉も、食べたい。です」

「うん。いっぱい入れてあげようね」

笑いながらそう答えると、メーアの耳が嬉しそうにピンと立ち、トレーネ達からも笑顔が溢れた。

だが、背後のA1とエイラからは微妙に冷たい気配を感じていた。

閑話　天空の城での日々

Heavenly Castle

タイキが遠視カメラで辺りの状況を確認している間、エイラはメーア達《たち》の島の案内を任されていた。エイラは薄い茶色の地味なワンピースにも似た服を着て、スカートをひらひらと揺らしながら歩く。

頭上には空が広がり、程よい風がエイラの髪を撫《な》でるように柔らかく吹いている。

木々の横を抜け、なだらかな坂道を下りながら、エイラが周りを眺めた。地面の切れ目の向こう側には雲が広がっており、雲よりも高い位置にいると再確認したエイラは深呼吸をして口の端を上げた。

「……気持ち良い風」

エイラはそう口にすると、頬を緩めたまま白い家の屋根が並ぶ景色に目を向ける。

暫《しば》く目を動かして何かを探していたエイラだったが、南側から歩いてくる四人の人影に気が付いて顔を上げた。

そちらへ小走りに歩いていき、口を開く。

「皆さん！」

エイラが声を張ると、トレーネが手を上げた。

お互いに歩み寄る形で歩いていくと、トレーネがニコニコとした顔でエイラに話し掛ける。

「おはようございます。今日はタイキ様は？」

「タイキ様は下の様子を調べておいでです。なので、今日はトレーネさん達に島の案内をしに参りました」

「案内を？」

不思議そうに首を傾《かし》げるトレーネに、エイラが微笑《ほほえ》む。

「実は私もこの空飛ぶ島の全ての場所には行っていないのですが、トレーネさん達よりも少しだけ詳しいと思います。どうでしょう。お仕事が終わったら私と島を歩きませんか？」

ふわりと柔らかくそう言うと、トレーネは悪戯《いたずら》っぽく笑った。

「それならすぐに行きましょう。なにせ、朝から昼まで仕事をしたらやることが無くなってしまいますから」

「あら、そうなんですか？」

トレーネの台詞《せりふ》にエイラが南の傾斜に広がる庭園を眺めると、ラントが苦笑して頷《うなず》いた。

「タイキ様に言い渡された仕事は楽過ぎますからね。毎日、道や家屋の掃除もして何とか恩返しをしようと必死ですよ」

「それもタイキ様のあの大量のゴーレムがあらかたしちゃうんですけどね」

ラントの言葉にシュネーが追従してカラカラと笑った。

「ああ、あのお水を撒《ま》いたりしているゴーレム達ですね。そう思うと、タイキ様はいったい何体のゴーレムを操ることが出来るのか……」

エイラが難しい顔でそう言うと、メーアが目を瞬かせて口を開いた。

「あの沢山並んでたゴーレム全部かな？」

メーアがそう呟《つぶや》くと、ラントが吹き出すように笑う。

「メーア。一人の魔術師が一体のゴーレムを動かせたら一流と呼ばれるんだ。いくらなんでもあんな大量のゴーレムは無理だよ」

ラントがそう言うと、シュネーが笑いながら頷く。

「庭園や家の近くにゴーレムが出た時にタイキ様はいないだろ？　だから、多分あの二十体くらいが最大じゃない？　それでも信じられないことだけど」

「そうですね。宮廷魔術師全員を足したくらいの魔力をタイキ様お一人で持っていて、更に複数のゴーレムを同時に使役するという……常人では想像すら出来ない大魔術です」

「へぇ、そうなんだ」

メーアが感心したように尻尾を振りながらそう言うと、トレーネが顎を引く。

「少し引っかかる部分があったけど……」

誰にも気付かれないような小さな声でそう呟くトレーネを他所《よそ》に、メーアが口を開いた。

「島を歩こう。色々見てみたい場所がいっぱい」

「ああ、すみません。それでは行きましょうか」

メーアの言葉にエイラが微笑み、同意した。

わいわいと笑い合いながら、五人は島の北側へと向かう。

白い家が並ぶ東側の傾斜にある道を進み、北側に広がる温水プールと複数の少々無骨な建物を見て足を止めた。

「あの手前の建物が製粉工場で、あちらが浄水場。そして、あれが……」

エイラが何の施設か順番に説明していくと、メーア達の頭の上に疑問符が次々に浮かんだ。

「あ、あの……」

「申し訳ありません。愚かな我々には何一つ意味が……」

シュネーとラントがそう口にすると、エイラが困ったように笑った。

「実は私もあまり詳しくは……ただ、此処《ここ》にある建物のお陰でこの島では綺麗《きれい》な水や食べ物などが口に出来るとのことです」

「へぇ、凄《すご》いんですね」

「あの建物は？　教えてもらってない」

メーアがそう尋ねると、エイラの表情が曇る。

「あれは……タイキ様が言うには、見たら後悔するという施設で……」

「見たら後悔する？」

「まさか、過去の大魔術師様達のミイラ……」

「そんな馬鹿な」

エイラの言葉に、メーアとシュネー、ラントが顔色を悪くしてそう呟いた。トレーネは眉根を寄せて頷き、施設を順番に見ていく。

「……今まで紹介された物の中に、お肉の類がありませんでしたね」

小さくそう呟かれたトレーネの台詞にメーアが息を呑《の》んだ。

「……お肉？　もしかして、お肉に何か秘密が……」

それ以上、誰も何も言えなかった。

冷たい空気が流れる五人の中で、案内役を務めるエイラが慌てて口を開く。

「そ、それでは、あの温水プールをご案内しましょう！　広くて綺麗ですよ！」

「そ、そうですね」

「時間を分けて男女バラバラに入った方が良いな」

「ちょっと、ラント。エイラ様の裸を見ようなんて……」

「していない！」

恐怖心を誤魔化すように、五人は声を大きくして雑談をした。

プールの側《そば》へ行くと、周囲の建物に比べて一回り小さな建物があった。赤い三角の屋根のその建物は窓が無く、中に入ると複数の個室があった。

その個室を指差し、エイラが説明をする。

「こちらが更衣室という着替えの為《ため》の部屋です。良かったら皆さんも是非使ってみてください」

エイラがそう言って微笑むと、メーアが顔を上げた。

「エイラ様も一緒」

「……え？」

メーアの台詞に目を丸くするエイラ。すると、シュネーとラントも同意の声を上げた。

「そうですよ。せっかく一緒に生活するのですから」

「い、一緒に……」

「ラント、キモい。アンタは駄目でしょうが」

「そ、それはそうだ。いや、別に一緒に入ろうとなんてしてないからな」

冷や汗を流しながら弁明を口にするラントに苦笑し、エイラは個室の一つを開放した。

二畳ほどの小さな部屋だが、その片側はクローゼットになっており、男女の様々な水着が掛けられている。奥の壁は大きな鏡になっており、扉を開放したエイラの姿が映し出されていた。

「こちらに水に濡《ぬ》れても良い服が入っております。なので、タイキ様やラント様とも一緒に泳ぐことが出来ますよ」

「タイキ様と？」

「……タイキ様もあそこで泳ぐの？」

困惑するメーアとシュネーに、トレーネが首を傾げる。

「大魔術師様であろうとも、水遊びくらいするんじゃないかしら？」

「なんか変……」

「そうだね。大魔術師様だから、水に入らずに水面に立ったりしてそうというか……」

タイキに対して妙なイメージを持つ二人に笑い、エイラが頷いた。

「タイキ様は普段、わざと魔術を使わずに普通の人のように過ごしているんだと思います。魔術を使わない不自由さをあえて楽しんでいるような……だから、泳ぐ時も普通の人のように水に浸《つ》かって泳ぐのではないでしょうか」

エイラがそう言うと、トレーネの目が鈍く光った。

「わざと魔術を使わない……それはもしや、何らかの秘術で普段は魔術を溜《た》めているとか……だから、あれだけのゴーレムを操ることが……？」

ブツブツと何か呟くトレーネに気付かず、エイラは皆に使い方を説明していく。

「こちらの中から、自分の体に合うものを選んでください。実際に着てみてそこの巨大な鏡で確認しておいてくださいね。どうやら、胸の大きさ一つでも沢山の種類があるようですから」

エイラの言葉を聞き、メーアとシュネーが個室の中へ入っていった。クローゼットに並ぶ大量の水着を物色し、目を輝かせる。

「面白い」

「へぇ、綺麗な服ばっかり……動きやすそうだし、好きな感じだね」

二人が水着を選び出すと、トレーネがエイラの両肩に手を置いて前に押し出した。

「さぁ、どうぞ。エイラ様も」

「え？　あ、わ、私は……」

慌てるエイラだったが、目の前で脱ぎ出したシュネーの肩を見て、表情を変えた。

シュネーの肩には、拳大ほどの丸と線で描かれた奴隷印があったからだ。

奴隷印を見て固まったエイラに、トレーネが困ったように笑う。

「奴隷は、お嫌いですか？」

そう言って、トレーネは自らの右肩に押された奴隷印をエイラに見せた。

「奴隷にはなってしまいましたが、私は特に己を恥じたりはしていないんですよ？　だって、心まで奴隷になっていませんから」

柔らかく、だが自信を滲《にじ》ませた笑みを浮かべたトレーネは、エイラから離れてメーアとシュネーの方へと歩いていった。

動かないエイラに、最後にラントが口を開く。

「俺も、背中に奴隷印があります。森を守る護人《もりびと》としての役割は果たせなくなってしまいましたが、今はタイキ様を守る為に尽力しようと思っています。それが今の自分の誇りです」

そう言い残すと、ラントは二つ離れた個室へと入っていった。

一人残されたエイラは俯《うつむ》き、何かを考えるように視線を彷徨《さまよ》わせる。

そして、顔を上げた。

◇◇◇

ラントが黒い水着を穿《は》いて待っていると、まずメーアが現れた。ワンピースタイプのピンク色の水着を着たメーアは、ヒラヒラしたスカート部分を触って満足そうに頷く。

「気持ち良い感じ」

「へぇ、可愛《かわい》いな、その服」

「ラントのも格好良い。でも、葉っぱの模様がちょっと変」

「え、そうか？　これが格好良いと思ったんだがな……」

二人がそんな会話をしていると、トレーネとシュネーが姿を見せた。

少し丈の長いパレオタイプの青い水着を着たトレーネと、水色のビキニを着たシュネーに、メーアは何となく自分の胸を見下ろす。

「……ずるい」

「あら？　メーアもすぐに大きくなるわよ」

「そうそう。でも、この服はほんと着心地が良いね。さらさらしてる」

「ええ。これを普段着ても良いのかしら？」

と、三人が水着談義で盛り上がっていると、もう一つの個室から水着を着たエイラが顔を出した。

胸と腰に長いフリルの付いた白い水着を着たエイラに、トレーネが顔を綻ばせる。

「まぁ、素敵ですねぇ。可愛らしい……」

そう言いかけて、トレーネは言葉を止めた。

皆の目が、エイラの肩に向く。

エイラの白い肩には誰の奴隷印よりもハッキリとした黒い線の奴隷印があった。その黒い奴隷印を見て、シュネーが口を開く。

「……それは」

「こら、シュネー」

シュネーが怪訝《けげん》な目つきでエイラの奴隷印について尋ねようとすると、ラントがそれを止めた。

皆が押し黙ると、エイラは不安そうに視線を床に向け、両手の指を胸の前で絡める。

「ど、どうでしょうか」

エイラが無理に笑顔を作りそう言うと、メーアが眉根を寄せて口を尖《とが》らせた。

「……ずるい。一番大きい」

「……はい!?」

メーアの目だけはエイラの胸に向いていたらしく、まったく関係の無い感想が口から漏れていた。

予想外の台詞にエイラが驚いて顔を上げるが、その行動で豊かな胸が弾み、ラントが目を剥《む》いた。

「……確かに」

ラントがエイラの胸を凝視して小さく呟くと、シュネーに後頭部を殴られた。音が出るほど強く殴られたラントが悶絶《もんぜつ》して床に膝をつき、慌てたエイラが駆け寄る。

「だ、大丈夫ですか?」

「ああ……ありがとう」

ラントは頭を片手で押さえながら顔を上げ、エイラの胸を盗み見ながら立ち上がった。その様子にシュネーが舌打ちをし、ラントは慌てて目を逸《そ》らす。

そんなドタバタした光景に苦笑し、トレーネが口を開いた。

「……どうやら、エイラ様も私達と一緒で大変な思いをされたようですね」

トレーネがそう告げると、エイラは目を伏せて唇を噛《か》み、頷いた。

「………はい」

掠《かす》れた声で呟かれた言葉に、シュネーとラントも難しい顔で顎を引いた。

すると、メーアが首を傾げて皆を見る。

「奴隷の印はあるけど、今は空の上で大魔術師様と一緒に暮らしてるんだし、気にしなくて良いと思う」

あっさりとしたその言い様に、エイラだけでなくトレーネの目も丸くなった。

「……まぁ、そりゃそうだね」

シュネーが同意すると、メーアは薄い胸を張ってトレーネの肩にある奴隷の印を見た。

「タイキ様は奴隷相手でも差別しないと思う」

そう言われ、トレーネは自らの肩を手のひらで撫でる。

「……そうね。私達みたいな獣人への嫌悪感も無いみたいだわ」

「そうだね。かといって、ラントみたいにいやらしい目でも見てこないし」

「俺は関係ないだろう」

ラントが不満を口にすると、場に笑いが生まれた。

和やかになった空気の中、エイラは皆に頭を下げて口を開く。

「お気遣いいただきありがとうございました……私も、皆様と同じくタイキ様の側で、生まれ変わった気持ちで頑張っていきたいと思います」

そう言って、エイラは顔を上げる。

「それでは、泳ぎましょうか」

◇　◇　◇

ジャバジャバと泳ぐメーアに、それを眺めて微笑むトレーネ。泳ぐ速度を競うラントとシュネー。

四人が楽しく泳ぐ様子を、休憩中のエイラは嬉《うれ》しそうに眺めていた。

すると、その斜め後ろに大きな影が現れる。

「……あ、Ａ１さん」

エイラは後ろに立ったＡ１に気が付くと、少し照れたように微笑んだ。そして、ジャバジャバと水しぶきを上げるメーアに目を移した。

「……奴隷の印をその身に受けたトレーネさん達だけでなく、メーアちゃんも、私のことを……」

そう言って涙ぐむと、そっと指で目の縁をなぞる。

「もう少し、皆さんとの距離を縮めたくなりました。私はもう、何処《どこ》にも居場所なんて無いと思っていましたが、この空の上ならば、私も……」

エイラがそう口にすると、Ａ１は静かに首を傾げた。それを見て笑い、エイラが声を掛ける。

「Ａ１さんも、宜《よろ》しくお願いしますね。私と、仲良くしてください」

エイラのそんな言葉を、Ａ１はただ静かに聞いていた。

第五章　戦争への介入

ブラウ帝国からリーラブラス山脈を挟んで南東。深い森を越えた先にアツール王国はあった。

小国の一つでしかなく、国土も小さい。経済的には何とか回っているが、人口が少ない為《ため》に慢性的な人手不足に悩まされているといった現状である。

そんな小国の王都を、今大きな混乱が支配していた。

普段は多少賑《にぎ》やかな筈《はず》の大通りに活気が無く、代わりに王城の周囲には声を荒らげる民達《たち》によって喧騒《けんそう》が生まれていた。

「王女を出せ！」

「もし帝国が攻めてきたらどうする気だ!?」

民が口々にそんなことを叫ぶと、城を守る衛兵達が盾を構えつつ怒鳴る。

「ば、馬鹿者！　ここを何処《どこ》だと思っている!?」

「いい加減にしないと、全員地下牢《ちかろう》にぶち込むぞ！」

そんな台詞《せりふ》に、民の怒りは更に燃え上がった。一触即発の緊張状態で怒鳴り合う民と兵の姿に、一人の男が溜《た》め息《いき》を吐《つ》く。

背の低い小太りの男である。歳《とし》は五十代ほどだろうが、今は丸まった背と憂鬱そうな表情もあり、六十歳と言われても違和感の無い雰囲気だった。

豪華な服装にマントを羽織った男の赤い髪の上には小さな王冠がある。

アツール王国国王、ライツェント・トルテ・アツール。それがこの男の肩書きと名前だった。

だが、ライツェントはそんな国王としての威厳など微塵《みじん》も感じさせない疲れた顔で、そっと窓の外を覗《のぞ》いている。

「……やられた。完全にしてやられた……やはり、帝国の罠《わな》だったのだ……我が娘を、奴隷印まで して連れていっておいて……」

掠《かす》れた声でぶつぶつと独りごちるライツェント。

そこへ、外からドアをノックする音が鳴り響いた。ドアを拳で打つような激しい音に眉を顰《ひそ》め、ライツェントは顔を上げる。

入室の許可を出して直《す》ぐにドアは開き、奥から背の高い男が現れた。兜《かぶと》はしていないが、白い鎧《よろい》を着ている。

「失礼します。陛下、ブラウ帝国の使者が……」

「またか」

男の報告を遮り、ライツェントは天を仰いだ。ライツェントの苛立《いらだ》った様子に、男は口を閉じて表情を硬くする。

「内情を外に漏らす筈も無いのに、民草は口を揃《そろ》えて私が王女可愛《かわい》さに帝国兵を襲撃し、王女を城内に匿《かくま》っていると訴えている……そして、使者からの言葉は毎回早く王女を差し出せ。そうしなければ帝国は王国に無慈悲な鉄槌《てっつい》を下すだろう、と」

半笑いでそう口にして、ライツェントは壁を平手で音が出るほど叩《たた》いた。

「馬鹿を言え！　目の前で奴隷印を肩に受け、泣き叫ぶ我が娘を見ていたのだ！　王女を奴隷にして帰る場所を失わせたのは帝国だぞ⁉　よくも被害者のように振る舞うことが出来たものだ！」

怒りに震えるライツェントの怒鳴り声に、報告に来た男は背筋を伸ばして口を開く。

「は、はっ！　兵達は皆、陛下の深い悲しみと王国を守る為に王女様を差し出した覚悟は理解しております！　しかし、帝国側は……」

「分かっている！　どちらにせよ帝国の使者が来たならば会わねばならん！　今から行くと伝えよ！」

ライツェントの返答に男は返事をして一礼すると、足早に去っていった。

そして、ライツェントが広間に行くと、そこには既に二人の兵士と、騎士らしき風貌の男が一人いた。騎士らしき男はライツェントの姿を見て向き直り、会釈をする。

「良くぞ参られた。歓待致しますぞ」

ライツェントが微妙な笑顔を見せてそう言うと、男は険しい表情を向けた。

「お忙しいところ失礼致します。そろそろ、我が国に贈呈いただいた筈の王女殿下を返していただきたく……」

開口一番にそう言われ、ライツェントの眉も跳ね上がる。

「……使者殿。そちらの言い分も分かるが、是非ともこちらの話も聞いてもらいたいものだな。当初から説明している通り我が城に王女はいないし、何処かに匿っているという事実も無い。むしろ、そちらの言う王女が逃げ出したという話の方が無理があるとは思うがね」

「陛下。それはつまり、我らが嘘《うそ》を吐いていると言っているのと同じですが……」

「いや、そうは言っておらん。しかし、あまりにも帝国に都合が良い流れではないか。こちらは娘に奴隷印まで受けさせたなぞ口外出来ず、王女が逃げ出したなどと言われても調べようも無い。だが、私ですら王女がどうなったかも分からないのに、王都の民は私が隠したと口々に叫んでいる」

不満そうに言われたライツェントの台詞に、使者は目を吊《つ》り上げた。

「……最初から帝国が戦争を仕掛ける為にこの話を持ち込んだ、と？　知っての通り、我がブラウ帝国は近年急速に発展し、国土を広げ、もはや世界に名だたる大国の一つであると自負しております。その帝国が、アツール王国を手に入れる為にここまでしていると、本気で思っているのですか？」

「アツール王国を手に入れれば、東のフリーダー皇国に二方向から圧力をかけることが出来る。逆に、こちらに何も手を打たずに皇国と開戦するようなことがあれば、もしかしたら我が王国が皇国の味方をする可能性がある……そう考えたとしても何ら不思議はありませんな」

ライツェントがそう告げると、広間に静寂が訪れた。

周囲に立つ兵士達がハラハラした様子で二人のやり取りを窺《うかが》っていると、広間に扉を叩く音が響いた。

その音に声を出して驚きながらも、兵士の一人が扉を開けて用件を聞いた。

そして、何とも複雑な顔でライツェントに顔を向ける。

「何だ」

ライツェントが不機嫌そうにそう尋ねると、兵士は言いづらそうに口を開いた。

「へ、陛下。な、なにやら上空に謎の飛行物体が出現した、と……」

兵士のその報告に、ライツェントだけでなく帝国の使者も怒りを忘れて目を瞬かせた。

《side. 天空の城》

「美味《おい》しい！」

「あ、ほら、メーア。ゆっくり食べなさい。でも、本当に美味しいですね、これも」

「いや、この汁物も凄《すご》く美味しいぞ」

「あ、うどんですね。私も大好きです」

わいわいと賑やかな食事風景が馴《な》染《じ》んできた気がする。

俺はそんなことを思いながらうどんを食べた。

意外なことに島の北部にある施設で調味料類や加工食品の一部は豊富に手に入る為、最近は料理のレパートリーが増えてきた。もはや、趣味が料理であると宣言しても良いだろう。

「あ、そこの煮物もどうぞ。豚肉を生姜《しょうが》とニンニク醤油《じょうゆ》で煮たものですが、中々美味しいですよ?」

自信作である。

見た目が地味なせいか皆の手が伸びないので、思わず自分からアピールしてみた。

「あ、はい! 是非いただきます!」

「私も食べる」

「いただきます」

俺が勧めた為、皆が一斉に豚肉に群がった。少々恥ずかしい。

と、そんなことを考えていると、豚肉を食べたラントの目がカッと見開かれた。

「おお! 美味《うま》い!」

ラントが吼《ほ》えるようにそう言うと、メーアが素早く豚肉に齧《かじ》り付いた。そして、目を見開く。

「……美味しいっ!」

「本当に……こんなに美味しいものは食べたことがありませんね」

トレーネが珍しく驚きを前面に出して感想を述べる中、シュネーは無我夢中で肉を食いまくっている。

「……あ、確かにこれは絶品ですね。私は、うどんも同じくらい好きですけど」

エイラがニコニコと微笑《ほほえ》みながら俺を振り返り、そう言った。どうやら、豚の角煮はトレーネ一家の口に大いに合うようだ。次回、バルトに会う時にはお土産用に作って持っていこう。喜ぶかもしれない。

そんな感じで和気藹々《わきあいあい》と皆で朝食を食べていると、ふと、ラントが口を開いた。

「そういえば、エイラ様はアツール王国の王家に縁のある方なのですか？」

そんな一言に、皆の目がエイラに向く。

芋の皮剝《かわむ》きが上手《うま》く出来たと喜んで俺に報告していたエイラの顔が、ラントの一言で凍り付いたような表情へと変化した。

一瞬の沈黙が続き、シュネーが慌てて口を開く。

「こら、ラント……いや、エイラ様の髪が、昔聞いたことがあるアツール王家の特徴の赤い髪と一緒だったから、もしかしてって話をしていたんですよ。ただ、濃さは違いますが赤い髪は他でも見ますからね」

シュネーがラントの頭を片手で押さえながらそう説明すると、不意にエイラが自分の口元を手で押さえて立ち上がった。

「ご、ごめんなさい……！」

早口に謝罪の言葉を口にして食堂から飛び出していくエイラ。その顔は一瞬で血の気が引いたように土気色となっていた。

通路を走っていく音が遠ざかり、食堂の入り口にいたＡ１が顔だけをエイラの背中に向けている。

「……ちょっと捜しに行ってきますね」

俺がそう言うと、トレーネ達も慌てて立ち上がった。

「私達も行きます」

「あ、いや、まだ動揺してたらアレなんで、皆さんはゆっくり食事しててください」

トレーネ達の申し出を苦笑しながらやんわり断り、エイラの走っていった方向へ向かう。

エレベーターの方だ。走って向かう途中、後方でラントが怒られている声がしたので振り返ると、A1が大股歩きでずんずんとこちらへ向かってきていた。

エレベーターに乗り、一階を選んだ。一瞬迷ったが、恐らく外へ向かう気がしたのだ。

「心配だな、A1」

それだけ言って後は無言になり、エレベーターが開くと同時にフロアーへ飛び出した。

予想通り、正門が開いていく最中であり、人一人分が通れる隙間から外へと走っていくエイラの姿があった。

「エイラ！」

大きな声で名を呼びながら後を追う。外へと飛び出したエイラは、並木道に向かう坂の前で立ち止まった。

坂は途中で折り返しているからなだらかに見えるが、左右は腰の高さほどの塀があるだけで、もし飛び越えたら大怪我《おおけが》は免れないだろう。

エイラが目の前で怪我をする光景を想像してしまい、背中に冷たい汗が流れた。

「エイラ……その、俺は何も気にしないから、何も聞かないから、一緒にお城へ戻ろう？　トレーネさん達も心配してるよ？」

優しくそう言うと、エイラはこちらを振り向く。目からは涙が溢《あふ》れ、泣き声を発さないようにしているのか、口は固く閉じられていた。

こちらを見たままボロボロと涙を流すエイラに、俺はそっと手を差し出す。

だが、何を躊躇《ためら》っているのか、エイラは中々こちらへ来る気配が無かった。

と、突然隣に立っていたA1が歩き出す。まさか、俺が戻ろうと口にしたことで、それを指示と判断したんじゃないだろうか。

いきなり動き出したA1に反応が遅れ、その間にもA1はずんずんとエイラに近付いていく。

「あ、こ、来ないで……」

A1の接近にエイラが咄嗟《とっさ》に後退《あとずさ》りをしながら声を漏らした。

「きゃ……!?」

もうあと僅かでA1の手が届くといった距離で、エイラのお尻が坂道の塀に当たり、仰《の》け反《ぞ》るような格好となってしまう。

危ない！

そう言って走り出そうとした瞬間、A1は目にも留まらぬ速さで両手を伸ばしていた。

転落しそうになっていたエイラをフワリと支え、そのまま腕の中に抱え込む。

お姫様抱っこ状態でエイラを確保したA1が、何事も無かったかのように無言でこちらへ帰ってきた。

「……流石《さすが》はA1」

脱力感と共にそう呟《つぶや》き、目を白黒させるエイラの顔を眺める。

結局、美味しいところは全てA1に持っていかれてしまったが、仕方がない。

「お帰り」

二人に向けてそう言うと、エイラは居心地悪そうに眉をハの字にして俯《うつむ》いた。

「ご、ごめんなさい……」

消え入りそうな声でそう言うエイラに微笑み、A1に顔を向ける。

「下ろしてあげて」

A1のお姫様抱っこから解放されたエイラは、深刻な表情で口を開いた。

「……お話を、聞いていただけますか？」

その言葉に、俺は静かに頷《うなず》いた。

◇　◇　◇

坂の上から大きな木が並ぶ並木道を見下ろしながら、エイラは口を開いた。

「……私は、アツール王国の王女、です。本当の名を、レティーツィア・エイラ・アツールと申します」

「……本当に王女様だったんだ。確かに、町娘って部分には少し違和感持ってたけど」

エイラの衝撃的な発言に、ある意味で納得しながらそう答える。だって、町娘なのに家事出来ないし。

俺が頷いていると、エイラはこちらを振り返って深く頭を下げた。

「嘘を吐いてしまい、本当に申し訳ありません……タイキ様の優しさと、一緒に過ごす日々の温かさに甘えてしまいました。そして、逆に嘘がバレた時の恐怖心ばかりが育ってしまって……」

「それで言えなかったんだね。王族って口に出来ない理由があるの？　まぁ、いきなり王女ですって言われたら焦っただろうけどさ」

苦笑しながらそう答えると、エイラは首を左右に振り、そっと服の袖を捲《まく》る。

エイラの白い肩には、丸と線で描かれた黒い文様があった。それは、トレーネ達の身体《からだ》に刻まれた奴隷印に似た、だが確かに違うものだった。

「……私は罪人なんです。それも、決して赦《ゆる》されることのない大罪人です……」

掠れた声でそう呟くと、エイラは並木道の向こう側に見える空を眺めた。

「……私は、ブラウ帝国の王子の一人に嫁ぐ予定でした。王国が、帝国の属国となる約定を結ぶ為です。ですが……私は帝国兵達に護送される途中で、逃げ出してしまったのです……」

「……その、王子が嫌で？」

そう尋ねると、エイラがまた涙を流し始める。

「……嫌でした。相手はまだ五十歳ですから、政略結婚の相手としては若い方でしょう。ですが、十五人いる奥方様の内、既に半数の方は亡くなっていると聞きます。噂《うわさ》でしかありませんが……亡くなった方は本当に凄惨な死に方をなさったようです……」

どうやら、その王子はやばい奴《やつ》らしい。エイラのように他の国から王族に連なる娘と結婚しているならば、確かに死んだらバレる筈だろう。なにせ、普通なら皇帝の情報とまではいかないまでも、それなりの情報を記載した手紙などのやり取りをするに違いない。

その手紙のやり取りが無くなったり、帝国に行っても会えなかったりすれば、それは何かが起きたと思うのが当たり前だろう。

俺のそんな推測は正しかったらしく、エイラは肩を震わせて顎を引いた。

「生き残った奥方様の中にも、手紙でのやり取りは出来るのに実際に対面することは出来なくなった方がいるらしく……噂では、手足の、い、一本か、二本か、な、無くなったりしてるんじゃない、かって……」

ガタガタと身体を震わせるエイラに、思わず手を伸ばしかけた。だが、エイラは胸の前で自分の両の指を絡めてこちらを振り向く。その顔は涙でぐしゃぐしゃになってしまっていた。

「……怖いです。怖くて怖くて、毎日泣いていました……ですが、私はアツール王国の王女なんです。私が、その王子の下に嫁がねば、王国が……な、なのに……私は……！」

嗚咽《おえつ》が混じり始め、最後にはもう上手く喋《しゃべ》れなくなってしまった。

だが、その余りにも苦しい葛藤は伝わった。

こんな、十六歳の少女が、どれだけ重いものを背負わされているというのか。自ら拷問室に行くような気分なのだろうか。

本当の意味でエイラの立場になって考えることは俺には出来ないけれど、その立たされた境遇には心から同情することは出来る。

「……エイラ、良かったら、此処《ここ》でずっと暮らさないかい？　王女の暮らしぶりには負けるけど、気楽に、楽しくさ」

そう言うと、エイラは口を手で押さえながら首を振る。

「そ、そんな……わ、私は、アツール王国、の……せめ、て、王国民と、皇帝の前で、し、死んで……く、首を晒《さら》さなければ……アツール王国は、我が国は……！」

悲痛なエイラのその叫びに、俺はもう我慢が出来ず、エイラの肩に手を回して抱き寄せた。

「大丈夫。俺が何とかするよ。だから、肩の力を抜いて」

そう言った瞬間、エイラはこれまで我慢していたのが嘘のように大きな声を上げて泣き出した。

しがみ付いて泣き続けるエイラの頭をもう片方の手で撫《な》でて、Ａ１を見上げる。

空を眺めるＡ１の目が光を放った気がした。

◇　◇　◇

多少は落ち着いたエイラを連れて食堂に戻ると、皆が食堂と厨房《ちゆうぼう》を掃除していた。

俺とエイラの料理も下げられてしまったようで、少し残念に思いながらも皆に声を掛ける。

「ただいま」

そう声を掛けると、ラントがシュネーに背を押されて歩いてきた。

「さ、先程はすみませんでした。俺の軽率な発言で……」

「あ、い、いえ、大丈夫です。私も、いきなり食事中に出ていくなんて、本当に申し訳ありませんでした」

二人が謝り合い、俺はホッと息を吐く。そこへ、皿を両手に持ったトレーネとメーアが歩いてくる。

「あの、温め直した、です」

メーアがそう言うと、トレーネが皿をテーブルに並べながらこちらを振り向いた。

「お二人でお話ししたいことがあるかと思いましたので、我々は一度下がらせていただきます。また お食事が終わった頃に片付けに参りますので」

トレーネがそう言うと、ラント達も一礼して出ていってしまった。

確かに、エイラと込み入った話をするには有り難いのだが、気が利きすぎである。

湯気が立った料理や飲み物の入ったコップを見て、エイラと目が合った。そのキョトンとした顔を見て、どちらともなく吹き出してしまった。

二人で笑い合い、ナイフとフォークを手にする。

「いただこうか。食べたら、詳しい話をしよう」

「……はい」

エイラは頷き、返事をしたのだった。

《side. 王都の酒場》

三十代程の金髪の男と、それよりも少しだけ若く見える茶髪の男が二人、テーブルを挟むようにして座っていた。

料理の皿も、果実酒もテーブルの上に並んでいるが、誰も手を付けようとしていない。

金髪の男が不機嫌そうに二人を睥睨《へいげい》すると、睨《にら》まれた二人は無言で顎を引いた。

「……情報は？」

「いや、何も……」

「こっちもあれから進展は無いな」

二人の返答を聞いて細く息を吐くと、金髪の男は静かに辺りを見回した。客は疎《まば》らで、店員もカウンターの奥に引っ込んでいる。

「……空を飛ぶ島、か。王国では全く噂にもなっていないが、帝国ではどうだろうな」

「そろそろ帝国に潜り込んでいる奴らから連絡がある筈だろう？」

「しかし、取り逃がした王女が帝国に行ってたら……」

二人のうち、気の弱そうな方がそう呟く。

「その時は仕方ない。別の方法でまた帝国を煽《あお》るしか無いだろうな」

「王国を煽るのは？」

「無駄だ。帝国相手に戦争を仕掛けるほど馬鹿じゃあるまい。それに、もし戦争を仕掛けたとしても王国から攻めたのでは瞬く間に潰される」

「……理想はやはり、帝国が王国を攻め、王国は守りを固める。それが一番戦争が長期化するか」

「ああ。王国に相当数の兵力を割けば帝国が数ヶ月で王国を落とす可能性もあるが、その時はむしろこちらからしたら有り難いだけだ。帝国の守りが減るんだからな」

男達が話に熱中していると、酒場の入り口を外から勢い良く開ける音が響いた。

「て、て、帝国だ！　帝国軍が攻めてきたぞ！」

スキンヘッドの男がそう叫び、酒場のカウンター近くで飲んでいた二人の男が椅子を蹴って立ち上がる。

「何だと!?　この王都にか!?」

「い、いや、国境付近に布陣して戦争の準備を進めてるみたいだ。噂では、傭兵《ようへい》も雇って布陣に組み込んでるって……」

「くそ、それが本当なら本気じゃねぇか！」

俄《にわ》かに騒がしくなった酒場の中で、金髪の男は姿勢を低くして酒に口を付けた。

「……どうやら、王女は失踪のまま、みたいだな？」

「ああ。それに、帝国の動きが想像以上に早い。傭兵まで雇って人数を揃えたなら、ただ圧力をかけるだけってことは無いよな？」

「圧力を掛けるだけならゆっくり兵を準備して、時間を掛けて戦力を見せつけるだろうさ」

「何週間と見る？」

「帝国の動きが早すぎる。王国が兵を集めるなら王都と国境の間にある城塞都市ファルベしか無い。王都に最大戦力を残しつつ、三割はファルベに兵力を集中したいだろうな」

「ファルベを無視したら王都での攻城戦で背後を突かれるわけか」

「そうだ。そして、帝国がもし南部の兵を本気で掻《か》き集めたなら、随時兵を投入して一ヶ月。即座に攻め込んで王国に準備をさせないというなら、一週間後には攻めてくる」

金髪の男がそう推測すると、他の二人は目を見開いた。

「……そんな早さの兵の運用など聞いたこともない」

「ちょっと待て。国境付近に陣を敷いているという情報は行商人や冒険者から流れたに違いないぞ。そうすると、国境付近から王都まで馬で飛ばしても一週間以上掛かる。もしかしたら……」

「早ければ、もうファルベに向けて進軍しているな」

「こ、こうしちゃいられねぇ！」

「こっちも動かないと！」

慌てて立ち上がる二人を見て、金髪の男はようやく料理に手を付けた。

肉の切れ端をフォークで刺して口に運び、急《せ》かしてくる二人を見る。

「落ち着いて飯を食え。食事の時間を削ったところで、大して時間は変わらない」

男はそう言って、また肉を口に入れた。

《side. 城塞都市ファルベ》

見上げるような巨大な城壁と、物々しい雰囲気を醸し出す大きな門。城壁の上には所狭しと兵が並び、弓を手にしていた。

王国内部、王都から馬を走らせれば二日で着くほどの距離に城塞都市ファルベはあった。

街全体を城壁が囲んでおり、街の中は不自然なほど静まり返っている。通りには兵や魔術師の姿はあれど、住民は見当たらない。

そんな街中で、豪華な鎧を着た男が指示を出しながら歩いていた。

「人手が足りないな。何処からか兵を増員出来ないか？」

「ハイラート将軍。既にこの国境常駐軍も含めて二万の兵がおります。更に、各地に飛ばした伝令が一ヶ月もすれば二万以上の兵を連れて帰ってくるでしょう。一ヶ月耐えれば良いのでは？」

疲弊した様子の初老の男がそう尋ねると、ハイラートと呼ばれた男は苦虫を噛《か》み潰したような表情で首を左右に振った。

「ゲルプ卿《きょう》。長年このファルベを見てきた貴方《あなた》がこの街の防衛力を信じていることは承知しております。確かに、ファルベは王都と並ぶ最高の防衛力を保持しているでしょう」

歩きながら同意したハイラートは立ち止まり、ゲルプという男を振り返った。

「ですが、それも帝国の用意した軍を見さえすれば揺らぐでしょう。どれほど準備しても万全などあり得ません。籠城に勝機は無いのです」

「で、では、何故《なぜ》このファルベに各地の兵を集めているのです……？　守り切る自信があるからではありませんか？」

ゲルプが食い下がると、ハイラートは鋭く目を細める。

「囮《おとり》と奇襲、そして挟撃の為です。それ以外に、活路はありません」

「そ、そ、それはどういう……あ、ハ、ハイラート将軍、話を……！」

不安そうに質問を重ねようとするゲルプに背を向け、ハイラートは城門へと歩いていった。慌ててゲルプが追い掛けるが、ハイラートはもう振り返らなかった。

《side. 帝国軍》

「ヴィオレット将軍！　ファルべより返答がありました！」

　馬に乗り槍《やり》を手にした騎兵の列の中を走り抜けた兵が、屋根の無い二頭立ての馬車に向けてそう叫んだ。

　馬車の上には白銀の鎧を着た美しい紫色の髪の二十代中頃に見える女の姿がある。青い瞳で兵を見下ろし、女は身長よりも大きな背もたれから身体を起こす。

　紫姫《しき》とも称される帝国軍の将軍の一人であるヴィオレットは、兵を見下ろしたまま口を開いた。

「どんな返答でしょう？」

　優しげな声でそう聞かれ、兵は緊張した面持ちで顔を上げる。

「はい！　ヴィオレット将軍殿の言わんとされることは承知したが、それは皇帝陛下の意思なのか確認をして欲しいとのことです！　尚《なお》、依然として王女の行方は分からず、王国も総力を挙げて捜索している、と！」

　兵がそう報告して口を噤《つぐ》むと、ヴィオレットは目を細めて口の端を上げた。

「見え透いた時間稼ぎですねぇ。時間稼ぎする必要が無いことも無いのですが……さては、数日間城塞を攻めさせておいて、背後から？　そんな分かりやすい手には出ないでしょうか。理想としては遠征してきている我々の補給路を断つことでしょうが、そんな長期間ファルべが保《も》つとは考えていないでしょう」

椅子に座り直してぶつぶつと一人呟くヴィオレット。

「……無視出来ない程度の軍を囮に使い、我々を小分けに処理するつもりですか。戦力差を考えるなら、それくらい無茶をしなければ勝機は見出《みいだ》せませんか」

そこまで呟き、ヴィオレットは笑みを浮かべる。

「一《いち》か八《ばち》か……と、言うには随分と厳しい賭けですね。なら、他にも策を講じていることでしょう」

ヴィオレットがそれきり黙考していると、騎兵の一人が口を開いた。

「ヴィオレット様」

騎兵がヴィオレットの名を呼ぶと、ヴィオレットは顔を上げて頷く。

「敢《あ》えて、軍を三つに分けます。一つはファルベを攻め、一つは王都を攻めましょう。兵力差に物を言わせた強引な攻めですが、手が足りないアツール王国には一番良い嫌がらせになるでしょう」

「なるほど。どう分けますか？」

「ファルベは早急に攻略する必要があります。王都には守りに徹してもらう為に兵を多く見せるだけで良いでしょう。故に各五万ずつ。私は奇襲を警戒して自由に動きますから、ゴーレムは半分ずつファルベと王都に振り分けましょう」

「しかし、それでは魔術師が殆《ほとん》ど出払うことになります。ヴィオレット様のおられる本隊にも魔術師は必要では……？」

騎兵がそう尋ねると、ヴィオレットは獰猛《どうもう》な笑みを浮かべて手のひらを上に向けた。

ボウッと音を立てて、青紫色の炎が宙に出現する。炎に照らされたヴィオレットに、騎兵達は息を呑《の》む。

「……私がいますでしょう？」

ヴィオレットがそう告げると、騎兵は乾いた笑い声を上げて深く頷いた。

「ご無礼を……」

騎兵はそう口にすると、そっとヴィオレットの乗る馬車の後ろに目を向けた。

馬車の後ろに、金属特有の鈍い光を放つ黒い巨人が付き従っていた。

作るのに時間と費用が掛かり、それでいて時と場合によっては作った当人である魔術師が戦った方が強い場合もある。

だが、それでもゴーレムという存在は戦争に必須の存在だった。

才ある魔術師は有限だが、時と金さえ使えばゴーレムは無限である。そして、城や街、歩兵を相手にする場合ならば、ゴーレムは最高の戦力となる。

ゴーレムを大量に用意出来る国。それはつまり強大な国力と大勢の魔術師を有している国である。

つまり、ゴーレムは指標でもあるのだ。

ゴーレムの質が高い場合は魔術的な研究が進んでいることの証明にもなる。

故に、一流の魔術師は一度は必ずゴーレムを作る。自らの知識と技術力の証明の為に、最高のゴーレムを作ろうとするのである。

帝国軍はそんな最高クラスのゴーレムを合計二百体用意してきていた。そのうちの百はファルベに、もう百は王都に向けられている。

百のゴーレムは横列に並び、帝国兵や傭兵を引き連れるように歩き、それぞれの目標目掛け進軍する。

《side. 王都》

王都の街は混乱を極めていた。上空に突如として出現した黒い影。そして、帝国軍の襲来。

中には雲と同じほどの高さに浮かぶ黒い影を、帝国軍の開発した魔導兵器である等と予測する者も現れ、市民は恐怖に慄《おのの》いた。

その混乱は王城の中にも蔓延《まんえん》していた。

「新しい情報は無いか!?」

「依然として、飛行物体に動きはありません！」

「帝国軍は!?」

「早馬の報告はまだ……！」

怒鳴り声が響き渡る玉座の間で、玉座に腰を下ろしたライツェントが深く息を吐く。

「……今日の夕方には帝国軍がこの王都に迫る、か。偶然ではあるまい。あの飛行物体は、帝国軍の動きに関係しているようだ」

ライツェントがそう呟くと、ローブを着た老人が眉を上げた。

「あの飛行物体がどうであれ、今一番の問題は帝国軍ですぞ。ファルベが一日で陥落する筈がありませんからな。帝国軍が軍を二つに分けたのは明白です」

「いや、ツァン大臣よ。あの飛行物体を無視するのは……」

ライツェントが難しい顔で老人にそう言うと、ツァンと呼ばれた老人は鼻を鳴らして首を左右に振る。

「陛下。老人は何でも簡単に考えるのです。飛行物体は空高くにおり手は出せません。ならば、気にしても無駄です。それよりも、確実に来る帝国軍について考える方が簡単でしょう」

ツァンがそう答えると、ライツェントは呆《あき》れた顔で目を瞬かせた。

「……私もそれだけスッパリと割り切れたら楽なのだがな」

ライツェントはそう口にすると、溜め息を吐いて顔を上げる。

「一先《ひとま》ず、大臣の言うように帝国軍に対しての対策を練るとしよう。籠城か、打って出るか」

「ろ、籠城でしょう！　敵はあの帝国軍ですぞ！　今は守りを固め、援軍を……」

「馬鹿を言うな！　ファルベは王都よりも兵も魔術師もおらんのだ！　こちらが一刻も早く帝国軍を打ち破るか撤退させ、ファルベを攻める一軍を背後から……」

「いや、ファルベを守るハイラート将軍が既に各地に援軍を……」

激しい議論が始まり、ライツェントは背もたれに体重を預けた。

臣下らの怒鳴り合う姿を眺めながら、静かに肘置きに肘を立て、拳に顎を乗せる。

「……降伏しても負けても我らはタダでは済むまいな。勝つしか無い。勝つしか無いのだ……」

ライツェントは小さく小さくそう呟き、小刻みに震える膝に手を置いて力を込めた。

《side. タイキ》

巨大なスクリーンに映し出された地上の景色を見て、俺は大きく息を吐いた。

「凄いな。映画みたいだ」

地上には広い平野となだらかな丘、そして長い小川が映し出されている。丘の上には大きな四角い形の街があり、真ん中には城らしき建物も見えた。

そして、その四角い街から離れた場所では、まるで生き物のように形を変えていく帝国軍の姿がある。

数を数えるのも面倒になる兵士の数だ。奥には馬車も沢山あり、馬に乗った兵もズラリと並んでいる。その前には弓を持った兵士。そして長い槍を持った兵士といった順番だ。

「……いや、最前列は人じゃ無いか」

俺がそんな独り言を口にすると、隣で祈るように手を合わせたエイラが口を開いた。

「……あれらは全て帝国軍が誇る最大最強のゴーレムです。タイキ様のゴーレムとは形が違い分厚く作られていますが、それでも人間と然程《さほど》変わらない速さで動くと言われています。それに、大きく分厚いだけに、その強靱《きょうじん》さは圧倒的です。ただ、あれほどの大軍を用意しているというのは、完全に予想外でしたが……」

深刻な表情で語られる情報に、俺は改めて帝国軍のゴーレムを観察する。

カメラを動かして拡大し、ゴーレム一体一体を順番に映し出していく。

どれも暗い色合いの金属の光沢を放っているが、形状には差異がある。四角いブロックが積み重なったようなゴーレムもいれば、反対に丸みのある形のゴーレムもいる。

「あ、形だけかと思ったら武器も違うんだね」

映像を見ていて気付いたことを口にすると、エイラは律儀に頷いて答えた。

「あ、はい……それぞれゴーレムの製作者が違いますから、戦い方にも違いがあります。槍を構えたまま突進することでゴーレムの大きさと重さを活《い》かす者、剣と盾を持たせることで何処でも戦えるようにする者など、武器も戦い方も多種多様だそうです」

「へぇ。同じなのは紋章みたいなのが付いてるだけか。全員形と武器を揃えた方が軍隊っぽくて見栄えが良いのになぁ」

そんな呑気《のんき》な感想を述べていると、エイラがそわそわしながらこちらを見た。

「……あ、あの、タイキ様……本当に、こんな大きな戦争を止めることが出来るのでしょうか……？」

不安そうに尋ねてきたエイラに、俺は小さく頷く。

「大丈夫、だと思う……やれるだけのことはやってみるから、天使様に祈っててよ」

「て、天使様に、ですか……？」

困惑するエイラに微笑み、俺は操作画面に手を置いた。

「さぁ、やってみようか」

《side. 帝国軍》

規則正しく列を作り進軍する兵達を眺め、ヴィオレットは頬杖《ほおづえ》をついて息を吐いた。

「……どうやら、王都の方々は守りを固めて耐えることにしたようですね」

そう呟くと、ヴィオレットは椅子の上で足を組み替える。

「嫌ですねぇ。まるで弱者を虐げる小物になったような気分です」

ヴィオレットのそんな言葉に、騎兵の一人が苦笑した。

「しかし、アツール王国の者共も阿呆《あほう》ですな。我が帝国が誇る最新鋭のゴーレム部隊に対抗出来なければ、いずれ必ず城壁の何処かは崩れ去ることでしょうに」

騎兵の言葉に軽く頷き、ヴィオレットが笑う。

「素早く動けないゴーレムを平地で動き回って何とか叩き潰したい。しかし、そのゴーレムの背後には万を超える軍勢がいる……随分と悩んだのでしょうが、最もつまらない戦い方を選んでしまったようですね」

ヴィオレットがそう言うと、周囲の兵達から笑い声が上がった。皆と笑い合う中、ヴィオレッは王都を囲う城壁の上に目を向ける。

「さて……まともな籠城戦をしたいのならば、城門や城壁を壊すゴーレム、破城槌《はじょうつい》を真っ先に狙う筈ですが……果たして私の想像を超えることが出来るのでしょうか」

薄い笑みを浮かべたヴィオレットがそう呟いた時、城壁の上では赤い炎が燃え上がった。

《side. 王都》

「も、も、もっと引きつけてから狙った方が良かったのではありませんか!? 将軍!」

白いローブを着た中年の男からそう言われ、豪華な鎧を着た壮年の男が歯を見せて笑う。

「馬鹿、そんなのは勝てる戦でやるんだよ! 数でも質でも負けてるから籠城してんじゃねぇか!」

「勝てない戦争なのか、やはり……!」

白いローブの男が顔色を変えると、背の低い鎧の男が眉尻を吊り上げた。

「ドゥケル将軍！ そんな士気が下がるような言い方は……！」

背の低い兵が怒鳴ると、ドゥケルと呼ばれた男は大きな声で笑う。

「ぶわははは！ どれだけ我慢すりゃ良いのかも分からん籠城戦なんざ士気が下がる一方だろう

が！」

ドゥケルはそう言うと、口を笑みの形そのままに、目を鋭く細めて白いローブの男を見た。

「勝てない戦だが、負けない戦でもある。今は数でも質でも負けてるが、こっちは王国中の戦力を集めようとしてんだぜ？　時が経《た》てば数だけはこっちが上回る！」

目の前の男一人に説明するには大き過ぎるほどに声を張り上げ、ドゥケルは続ける。

「こっちがゴーレムを潰そうと躍起になるなんざ帝国軍だって承知の上だ！　ならば、最初から虎の子の魔術師部隊がゴーレムを潰そうとしてると教えてやれば良い！　そうすりゃ、ゴーレムを無駄に破壊されないように動きは鈍る！」

「な、なるほど……じ、時間稼ぎか……」

ドゥケルの迫力に呑まれたのか、男は小刻みに頭を動かしながら返事をした。そんな男を横目に、ドゥケルは周囲に向かって声を発する。

「いいか、お前ら！　敵は真っ先に魔術師を狙ってくる！　矢を射る者以外は全力で魔術師達を守れ！　分かったな!?」

そう怒鳴ると兵達から怒号のような返事があって、ドゥケルは大声で笑った。

その時、城壁の最前列で盾を構える兵が口を開いた。

「帝国軍、矢の射程圏内に入りました！」

「開戦の合図だ！　弓兵は全員矢を構えろ！　派手に行くぞ！」

ドゥケルは指示を出しながら城壁の上を歩いていき、帝国軍の先頭に並ぶゴーレム達を睨んだ。

「破城槌は歩兵が城壁の下に来るまでは出てこないからな、安心して良いぞ！　こっちの弓矢は届くが向こうからの攻撃は届かん！　射《う》ち放題だ……っ!?」

ドゥケルが兵達を鼓舞しながら歩いていると、風を切り裂く音が鳴り響き、地面を揺らすほどの衝撃が城壁を襲った。

「な、何だぁ、今のは!?」

兵達を押し退《の》けて前に出ると、城壁の壁に突き刺さる鉄の槍らしきものがあった。それを確認したドゥケルが、目を皿のようにして顔を上げる。

「ゴーレムが、矢を射るだとぉお……っ!?」

帝国軍の最前列に並ぶゴーレムの一体。

他に比べたら軽装なゴーレムが、人の倍以上ある自らの背丈よりも更に巨大な弓を構えて立っていた。

そのゴーレムは一体だけ足を止め、その場で新たな矢をつがえ始める。

ゴーレムの巨体だからこそ矢と判別出来るほどの鉄の棒である。その棒を片手で軽々と持ち上げるゴーレムを見て、ドゥケルは引き攣《つ》った笑みを浮かべた。

「おいおい、聞いてねぇぞ。詐欺だろう、帝国軍。こっちが城壁の上からでやっと矢が届くって距離から、城壁に突き刺さる投槍か？」

ドゥケルがそう口にした直後、城壁が揺れ、新たな鉄の棒が城壁の中腹ほどに突き刺さった。

それを見て、ドゥケルは鼻を鳴らす。

「一ヶ月はゆっくり籠城してやろうと思ったが、下手したら一週間か……くそ、あのゴーレムをぶっ壊すにゃあ騎兵だけじゃ無理だな……どうにかして、帝国軍の土手っ腹を切り裂いて……」

ドゥケルがブツブツと呟いていると、何処かで大きな声が上がった。

「な、な、何か出た！　何か出てきたぞ!?」

その絶叫にドゥケルが慌てて帝国軍の方に目を向けたが、先程までと変わらずに向かってくる帝国軍の姿があるだけである。

「何もねぇじゃねぇか……！」

「しょ、将軍！　う、上！　上です！」

怒鳴り散らそうと振り返ったドゥケルに、兵の一人が空を指差して叫んだ。そして、ドゥケルを含めた多くの者達が目を剝《む》いて驚愕《きょうがく》する。

まるで大量の鳥が空を舞うように、蝗《いなご》の群れが空を覆い尽くすように、黒い小さな影が大量に出現していたのだ。

その黒い影は、全て空に浮かぶ謎の物体から飛び出していた。

「しょ、将軍!?　謎の飛行物体から、大量の黒い物体が……!?」

「見れば分かる！」

混乱する兵に怒鳴りながら、ドゥケルは空を凝視する。

「な、何なんだ、アレは……！　ドラゴン……いや、人の形、か!?」

混乱する兵達を叱咤《しった》するのも忘れて空を見上げるドゥケルの目の前で、大量の黒い影はバラバラに地上へと降り立っていく。

その姿に、ドゥケルは思わず声を上げた。

「……っ！　ゴーレムだ！　ゴーレムが空から降ってきやがった!!」

《side. 帝国軍》

王都に向かって進軍する帝国軍の最前線。ゴーレムの後ろに身体を隠しながら進む若い兵は、自らの持つ槍の柄を握り締めて顔を上げた。

高く聳《そび》え立つ城壁を眺め、歯を食い縛る。

「おい」

突然掛けられた声に、若者は息を呑んで斜め後ろを見た。

「硬くなり過ぎんなよ。動けない奴はすぐ死んじまうぞ」

使い込まれた鉄の鎧を着た二十代前半ほどの男がそう言うと、若者は眉間に皺《しわ》を寄せて口を開く。

「あんたらみたいな傭兵と一緒にしないでくれ。僕は、僕達は帝国に侵略されて、無理矢理兵士にされたんだ。それに、どうせ一番に戦う僕達は皆死ぬに決まってるだろ」

青い顔で若者がそう言うと、男は大きな溜め息を吐いて前を指差した。

「今回は誰がどう見ても勝ち戦だぜ？　見ろよ、あの傷一つないゴーレム。三体に一体は新品のゴーレムが並んでやがる」

男がそう告げると、若者は眉根を寄せて顎を引いた。その様子にまた溜め息を吐き、男は首を左右に振る。

「殆どの国がゴーレムを作ってるが、帝国みたいに毎回新しいゴーレムなんて用意出来ないんだよ。そんだけ力が違うってことだ。必死に生き残ることだけ考えとけば、三日もすりゃ向こうから降伏してくるだろ。王の首を手土産にな」

そう言って笑う男に、若者はホッとしたように顔を前に向け、ゴーレムを見た。

その時、誰かが後方で声を上げた。

「お、おい……」

ざわめきが起こり、若者が周りを見回すと周囲の者達は顔を上に向けている。若者が遅れて上に目を向けると、視界を黒い何かが妨げた。

その黒い何かは、大きく、人のような形をしていた。

「……え？」

若者が気の抜けた声を漏らす中、周囲から悲鳴や怒号が響き渡り始めた。

その騒ぎが大きくなると、若者は慌てた様子で槍を持ち上げ、黒い何かを見上げる。

「て、敵のゴーレムだ！」

誰かが叫んだ。

直後、得物を構えたまま立ち尽くす若者のすぐ横から、無数の槍が一斉に突き出される。その槍は謎のゴーレムの身体や頭、四肢に鋭く突き込まれた。

そして、ゴーレムに命中すると同時に穂や木製の柄がへシ折れてしまう。

「き、傷一つつかねぇだと!?　鎧すら着けてないのに！」

「魔術師は何処だ!?」

「ダ、ダメだ！　まだ後ろの方だ！」

突如として現れたゴーレムに混乱しながらも、兵達は何とか対処しようと動いた。

その間に帝国のゴーレムは新たに現れた謎のゴーレムへ向き直り、各々の武器を構えて突撃する。

やはり、図体《ずうたい》に似合う巨人のような力強さのある動きだ。

その帝国のゴーレムに向かって、謎のゴーレムは静かに歩き出した。

ゴーレムとゴーレムの巨体が衝突するその瞬間、謎のゴーレムの腕が霞《かす》み、帝国のゴーレムの一体の頭部が吹き飛んだ。

その光景に帝国兵達は固まる。

風を切る音と金属が切断される鋭い音が鳴り響き、頭部を失ったゴーレムは身体が二つに裂けた。

身じろぎ一つ出来なくなった兵士達とは違い、他のゴーレム達は仲間がやられても動きを緩めること無く謎のゴーレムに立ち向かう。

しかし、一体は腕を失い、一体は足を失い、最後の一体は胸に穴が空いた。

そして、瞬く間に四体のゴーレムのバラバラになった身体が地面に転がる。

若者が助けを求めるように周りを見ると、既に帝国軍が誇る最強のゴーレム達はその姿を消していた。

代わりに、あの謎のゴーレムがズラリと並び、たちふさがっている。

「……う、うわぁあああっ!?」

兵士達の絶叫に若者が振り返ると、皆がゴーレムから逃げるように走り出していた。

◇◇◇

「な、何が起きたのですか……!?　あれは……空から降ってきたあのゴーレム達は……!?」

王都を攻める一軍の遥《はる》か後方の丘の上で、ヴィオレットは呻《うめ》くようにそう口にした。

遠目からでも帝国軍の戦線が崩壊していくのが分かり、ヴィオレットは歯を噛み鳴らす。

所々で魔術による炎が上がるものの、兵達は隊列の崩壊など気にもせずに、散り散りになって逃げ回っていた。

「……我が軍のゴーレムは壊滅したようです。そして、身を挺《てい》して足止めをする筈の歩兵達が戦意を喪失して逃走しております」

騎兵の一人がそう告げると、ヴィオレットは椅子から立ち上がって目を細める。

「指揮官達は何をしているのです……！　いくら寄せ集めの兵達とはいえ、あまりにも無様ではありませんか。まさか、指揮官を先に……？」

ヴィオレットがそう呟くと、騎兵の男は言いづらそうに首を左右に振った。

「いえ、軍旗を数えましたが指揮官は無事のようです」

その言葉に、ヴィオレットは怒りに顔を歪《ゆが》める。

「下がれば処罰されると分かっていても逃げるとは……我が帝国よりも大きな畏怖を感じた、と？何なのですか、あのゴーレムは……！」

「こちらから援軍は……」

「……これだけの数の優位を確保していて悔しい限りですが、西から錐《きり》の陣形で攻めましょう。中心には重歩兵、左右を騎兵で固めて向かいます。先陣を切る重歩兵がゴーレムと衝突する瞬間、騎兵は左右に分かれて他のゴーレムを機動力で翻弄し足止めします。重歩兵がぶつかるゴーレムを重点的に魔術にて破壊することが目的です」

ヴィオレットが周囲の騎兵達を眺めながら指示を出し、最後に背後を振り返った。馬車に付き従うように歩く大きなゴーレムに、周囲の兵達も畏怖の目を向ける。

「一対一ならば、私のゴーレムの方が強いでしょう。重歩兵の部隊でも足止めが難しい時には私のゴーレムで対抗します」

そう口にした瞬間、空から黒い影が舞い降りた。

地響きを立てて、その黒い影はヴィオレットの正面に降り立つ。

表面はのっぺりとして、ずんぐりとした体形のその姿を見て、ヴィオレットは身体を震わせる。

「ゴ、ゴーレム……？　こんな、こんなゴーレム見たこと……」

「しょ、将軍！　離れてください！」

周囲から声を掛けられ、ヴィオレットはハッと顔を上げた。

「い、一体で本陣を強襲するなんて、舐《な》めないで欲しいですね！」

そう言って片手を上げると、馬車の後ろにいたゴーレムがその巨体に見合わない素早さで動き、謎のゴーレムに迫る。

分厚く巨大な両刃の剣を軽々と振り上げ、ヴィオレットのゴーレムが人間のように滑らかな動きの斬撃を見せた。

だが、金属が衝突するような激しい音が鳴り響いても、謎のゴーレムは何事も無かったようにその場に立っていた。

遅れて、巨大な両刃の剣が地面に突き刺さる音が響き渡る。

馬車のすぐ脇の地面に突き立った両刃の剣には、ヴィオレットのゴーレムの腕が付いたままだった。

「そ、そんな馬鹿な……」

そう言って振り返ったヴィオレットの目の前で、ヴィオレット自慢のゴーレムは身体を三つに分けて破壊された。

「ぬ、ぬぁああっ！」

「さ、下がれ！　将軍を連れて下がれ！」

呆然《ぼうぜん》とするヴィオレットに、周囲の兵達は声を荒らげながら謎のゴーレムへと襲い掛かる。

だが、槍も剣もゴーレムの両手によって破壊され、さしもの帝国軍の精鋭達も怯《ひる》んでしまった。

そんな中、ゴーレムは周囲を見回すようにゆっくりと頭部を動かし、ふわりと、その巨体からは想像も出来ないほど自然に空へと浮かび上がっていく。

「ちょ、ちょっと待ちなさい！　あ、あなたを作った魔術師は誰!?　あなたは何処の国のゴーレムなのですか!?」

ヴィオレットが叫びながら追い縋《すが》ろうとしたが、ゴーレムは振り返ることも無く、徐々に速度を上げて空へと飛んでいってしまった。

《side. 王都》

空から舞い降りたゴーレム達の圧倒的な力を前に、城壁の上にいた兵士達は驚愕の声を上げていた。

「な、なんだ、あのゴーレム達は……!?」

「帝国軍があっという間に蹴散らされて……」

兵士達の声を耳にしながら、ドゥケルは唸《うな》る。

「……あのゴーレムが攻めてきたら、この王都は……いや、どんな都市もすぐに占領されてしまう。

敵なのか、味方なのか……」

「ドゥ、ドゥケル将軍！　どうするおつもりか!?　あのゴーレムを相手に、勝算は……!?」

白いローブの男が顔面蒼白《そうはく》でそう言うと、ドゥケルは空を見上げて溜め息を吐いた。

「どうもこうも……勝ち負けを考えることすら馬鹿らしいわ」

ドゥケルがそう言って空を睨みながら腕を組むと、白いローブの男は顔を上げて、息を呑んだ。

空から王都を見下ろすゴーレム達の姿に、男は腰を抜かして地べたに座り込む。

怯《おび》える周囲の者達を横目に、ドゥケルは野太い声を発した。

「……逆らう気は無い。使者を一名送らせてもらえるだろうか。話がしたい」

ドゥケルがそう言うと、白いローブの男はカチカチと歯を鳴らしながらも反論を口にする。

「へ、へへ、陛下に、陛下に一度お伺いを……」

そんな白いローブの男の言葉に、ドゥケルは鼻を鳴らして口を開いた。

「誰が使者になったって一緒だろうが。それなら、俺が直接使者になって話す。こんなゴーレムを
作る魔術師に会ってみたいってのが正直なところだがな」

そう言って笑うドゥケルの前に、ゴーレムの一体が降り立った。

第六章 戦争が終わり……

Heavenly Castle

操作室のスクリーンに映し出される映像にエイラは茫然自失《ぼうぜんじしつ》となったまま動かなかった。

俺はロボット達《たち》に捕まってこちらへ向かっている人物を眺め、口を開く。

「他の人より派手な格好してるし、偉い人だとは思うけど……」

そう呟《つぶや》き、腕を組む。

王女の処遇について交渉など出来るのだろうか。いまいち王族だの何だのと言われてもピンと来ないが、戦争を中断させることは出来たのだ。ならば、多少以上はこちらを脅威と思ってくれるだろう。

そんなことを思いながらスクリーンを眺めていると、画面の端にもう一体のロボットが人を捕まえてきた。

「よし。それじゃあ下に行って出迎えようか」

「え？　あ、は、はい！」

慌てて返事をしたエイラが走ってくるのを横目に、エレベーターの中へと足を運ぶ。

城の外へ出るとメーア達に見つかった。どうやら城の周辺で雑草を刈っていたらしい。俺とエイラはA1をお供に、城門前で足を止める。

「あ、タイキ様」

立ち上がり、頭を下げるトレーネ。

「もうすぐお客さんが来るから、宜《よろ》しくお願いします」

そう告げると、トレーネ達はハッとして顔を見合わせた。

「王国と帝国の代表が……？」

「き、緊張するな」

「今からでもお料理間に合うかしら……」

勘違いするトレーネ達に苦笑し、俺は首を左右に振る。

「いや、ただのアツール王国の使者ですよ。まぁ、派手な鎧《よろい》を着てたから、もしかしたら司令官とかかもしれないですけど」

そう答えると、ラントとシュネーの顔が強張《こわば》った。

「兵士、ですか……」

「もしもの際には……」

二人は何やら険しい顔で話し合いを始めてしまった。トレーネも無言で何かを考えているようだが、メーアだけは平常時と同じ顔でこちらを見ている。

「なんでアツール王国の兵士が来るんですか？」

メーアに尋ねられ、隣でエイラがビクリと身体《からだ》を震わせた。それに気付いていないフリをしつつ、メーアの問いに答える。

「ああ、ちょっとアツール王国の人と交渉したいことがあってね」

そう言うと、メーアが猫耳をピコピコと動かす。

「交渉？」

メーアが不思議そうな顔で小首を傾《かし》げてそう呟いたその時、二つの黒い影がこちらに近付いてくるのが視界に入った。

そちらに顔を向けると、皆も同じように振り向く。

それぞれがロボットの背に摑《つか》まり、立派な鎧を着た二人の男が飛行島の大地に降り立つ。

その姿を見て、トレーネ達は静かに一礼した。エイラは思わずといった態度で俺の背後に隠れてしまった。

それまで城を見上げていた兵士の二人も、こちらに気が付いて一礼する。

先に顔を上げたのは王都の城壁付近で一番派手な鎧を着ていた中年の男である。

「……アツール王国の将をしている、ドゥケル・クラインだ」

中年の男がそう名乗ると、ドゥケルよりも少し若そうな男が口を開いた。

「同じく、アツール王国の将をしております、ハイラート・イルカです。この度は我が軍への助力、感謝致します」

ハイラートという男がそう言うと、ドゥケルの片眉が上がった。

「……ハイラート将軍が此処《ここ》にいる以上、もしやと思ったが……まさか、ファルベの帝国軍も……」

「やはり、王都もですか」

ドゥケルの呟きにハイラートが浅く頷《うなず》き、そう言った。いや、まさか二人とも将軍だったとは、引きが強いというか何というかといった感じである。

俺はそんな二人を眺めながら苦笑し、頭を下げた。

「初めまして、椎原大希《しいはらたいき》と申します。失礼を承知でお二人をこちらに招かせていただきました」

そんな挨拶をすると、観察するように俺を見ていた二人が、俺の背に身を隠したエイラに気が付く。

二人揃《そろ》って目を見開き、口を開いた。

「レ、レティーツィア姫!?」

「ど、どうして姫様が……」

二人の言葉に、ラントとシュネー、メーアも驚いた顔をした。表情を変えなかったのはトレーネだけである。

メーア達の顔を悲しげに見たエイラは、そっと俺の背後から前に出た。

「……ドゥケル様、ハイラート様……お久しぶりです」

そう言って深く頭を下げたエイラに、ドゥケル達は大きな戸惑いを見せる。

俺はそっと溜《た》め息《いき》を吐《つ》き、エイラの肩に手を置いた。

「では、場所を変えて話を致しましょうか」

《side. ドゥケル》

空高く、雲にも届く遥《はる》か天空に浮かぶ島。

御伽噺《おとぎばなし》に迷い込んだのかと思ったが、どうやら現実らしい。

豊かな自然と美しい家が並び、中央には神が住まうのかというような荘厳な城があった。見たこともない、豪華絢爛《ごうかけんらん》な城だ。

そして、そこにいたのは獣人が数人と奇妙な格好の若者。更に、消息不明になっていたレティーツィア王女だった。

俺と目を合わせるハイラートの顔にも混乱と驚愕《きょうがく》の色が表れていた。

「では、場所を変えて話を致しましょうか」

そう言われて、シーハラタイキと名乗った若者は、あのゴーレムを引き連れて城内へと入っていった。

あっさりと俺達に背中を見せたことには呆気《あっけ》に取られたが、あのゴーレムの一体をたった一人で動かしている魔術師ならば納得である。

俺はハイラートと無言で頷き合い、後を追った。

警戒心を緩めることなく城内に入ったのだが、足を踏み入れた瞬間その気持ちは霧消してしまう。見事な広間であった。外から見ていた以上に広く、豪華な作りだ。これほど見事な城は見たことが無い。

「ゴ、ゴーレム……」

「む」

ハイラートの声に振り向くと、城門の後ろに立つゴーレムの姿があった。まるで門を開く為《ため》だけにいるような格好で、ゴーレムは門に両手を添えていた。

いったい、何体のゴーレムがいるというのか。

そして、何百人の魔術師がいるというのか。

信じられない心地で城内を歩き、巨大な柱の中へと入った。巨大な柱の中は広く、勝手に開閉する扉が開く度に景色が変わった。

ハイラートですら、もう言葉も発せなくなっている。

「ここにしましょうか」

タイキはそう言って、一際豪華な広間へと俺達を通した。舞踏会などの会場としても使える見事な広間である。縦に長い窓が幾つもあり、外の景色も見ることが出来た。

これだけ広く見事な城でありながら、いまだに他の者が出てこないことが酷《ひど》く不気味だった。

《side. タイキ》

驚くドゥケル達を引き連れて、俺は四階の広間へと移動した。テーブルと椅子を用意して、腰掛ける。

何故《なぜ》か椅子に座ったのは俺だけだったので、どうぞどうぞとドゥケル達にも座ってもらう。

トレーネ達には二階で食事の準備をしてもらっているので、広間にいるのは俺とエイラ、ドゥケル、ハイラートの四人だけである。

いや、俺の隣にはA1が立っているので四人と一体か。

俺は緊張した面持ちでA1を見上げるドゥケル達の顔を見つめ、息を吐く。

「さて、まずは何から話をするべきでしょう」

そう口にすると、A1と反対側に立つエイラが口を開いた。

「……まずは、私が何故ここにいるかを話した方が良いでしょう」

その台詞《せりふ》に、ドゥケル達の目が細くなる。

「そうですね……帝国に嫁ぐ途中で消息不明となったとしか聞いておりませんでしたので、些《いささ》か驚きました」

ハイラートがそう呟くと、ドゥケルが呆《あき》れた顔を見せた。

「些かどころじゃ無いだろ。こっちでは帝国が王国を攻める口実を作る為に王女を殺したと言われてたんだぞ？　レティーツィア姫を前にして口にすることじゃないが、奴隷印まで受けた王女が帝国兵士の目をかい潜《くぐ》って逃げ出すなんて不可能だろうが」

ドゥケルのその言葉に、エイラが眉根を寄せて俯《うつむ》く。ハイラートはそんなエイラを横目に見ながら、責めるような口調で返答した。

「その噂《うわさ》は聞いております。しかし、帝国出身の行商人もいるファルベでは、我が国が姫様を匿《かくま》ったという噂も有力でしたが……」

「我らが国王陛下がそんなタマかよ」

遠慮など全く無い言い方で否定したドゥケルに、ハイラートは眉を顰《ひそ》める。

二人のやり取りを聞いていたエイラは、哀《かな》しそうな顔で首肯した。

「……父上は、私を助けたりなどしておりません。私は、自ら王族としての責務を投げ出したのです」

その言葉に、ドゥケルとハイラートは厳しい表情をエイラに向ける。エイラは二人の目を見て一瞬怯《ひる》んだが、何とか踏み止《とど》まり、口を開いた。

「途中の町の宿で、偶然にも見張りの方がいない瞬間がありました。逃げられる……そう思った時、私の足は勝手に動き出していたのです……」

エイラが言うには、無我夢中で町の外にまで逃げ出せ、たまたま通りがかった移動中の衛兵達の馬車に身分を偽って乗せてもらったらしい。

だが、途中で王族としての責を放棄したことへの罪悪感に苛《さいな》まれ、引き返そうとしたとのこと。

「ですが、その時に衛兵の方々に言われました……私が逃げ出したせいで、その晩に見張りをしていた帝国兵士の方々は王国の間者であると嫌疑に掛けられ処刑され、私はもう帝国からも王国からも追われる身である、と」

エイラがこれまでの経緯を説明していく内に、二人の表情は険しくなっていった。

「ちょ、ちょっと待ってくれ！」

訥々《とつとつ》と語るエイラの台詞を遮り、ドゥケルが叫んだ。エイラが驚くのも気にせず、ドゥケルは声を上げる。

「姫様、今の話は本当なのか？」

強い口調でそう聞かれ、エイラが恐る恐る頷く。すると、ドゥケルはハイラートに顔を向けた。

「おかしい。違和感だらけだ」

「……はい。仮にも自国の王子に嫁ぐ他国の王女を連れての旅路。そう簡単には脱走なぞ……」

「いや、そこも妙だがその衛兵を名乗る奴《やつ》らもだ。何故そんな嘘《うそ》を吐く？　帝国の者達が王国に攻め入る口実を作る為ならば、そんな回りくどいことはしないだろう」

二人の会話に、エイラは顔を上げる。

「……嘘？」

エイラが口にすると、ハイラートが頷いた。

「ええ。帝国が公表したのはレティーツィア王女の身柄が王国によって匿われた、というものです。

その際に王国軍が動いたなどという噂もありますが、帝国兵が処刑されたなんて話は聞いておりません」

「そんな……」

愕然《がくぜん》とするエイラに、ドゥケルが舌打ちをする。

「……何かが裏で動いていやがる。帝国と王国、双方を騙《だま》して王女を殺そうとするなんてのは余程のことだぞ」

ドゥケルがそう発したきり、皆が押し黙ってしまった。俺は三人の顔を順番に眺め、口を開く。

「ちょっと良いですか？」

そう言うと、全員がこちらを振り向いた。

「話は変わりますが、エイラは……いや、王女様は、アツール王国に帰れるんですか？」

質問すると、ハイラートの表情が曇った。エイラも顎を引いて沈黙したが、ドゥケルは違った。

「無理でしょう」

ハッキリとそう言い放ち、ハイラートが目を伏せる。

「……一国の王女が奴隷印を押されて側室以下の扱いで送り出された。これは、アツール王国がブラウ帝国の属国であると宣言したに等しい。そんな状況で帝国に差し出された筈《はず》のレティーツィア王女が、王国内でまともな日常を送れるとは思えませんな」

ドゥケルの厳しい言葉にエイラは我慢出来ずに嗚咽《おえつ》を漏らした。ハイラートも厳しい表情を見せてはいるが、ドゥケルの言葉を否定する様子は無い。

俯いて静かに涙を流すエイラを見て、ドゥケルに視線を移す。

「……王女をこちらで貰《もら》い受けても良いですかね？　帝国に行くのは論外だし、王国にも帰れないなら、この城に住んだ方が良いかと思ったのですが」

そう尋ねると、ドゥケルは困ったような顔で唸《うな》った。

「それは……いや、力尽くで奪われたならこちらには何も出来ないが、良いかと聞かれたら困るのは困るというか……まぁ、正直に言わせてもらえば、帝国の矛先を変えることが出来るなら問題無いのだが」

「しかし、今さら姫様が帝国に向かっても戦争は回避出来ません。ならば、我々が見なかったことにして……」

ドゥケルとハイラートが複雑な表情でそんな議論をしている姿を見て、やはり難しいのかと唸る。

毎回王国の味方をしてロボットを派遣すれば解決するのかもしれないが、面倒である。帝国が王国から手を引いてくれたら一番良いのだが。

「……他の国とかがエイラを誘拐したとかなら、帝国も王国を責められないと思うけどなぁ」

何となくそう口にすると、二人が目を開いた。

「……王女が誘拐？」

「帝国兵が護送中に王女が誘拐された……確かに、帝国側の不手際になるから王国に文句を言うのは筋違いだな」

二人はそう口にすると、同時にこちらを見た。

「タイキ殿！」

「レティーツィア王女を誘拐したということにしてくれませんか!?」

大真面目な顔でそんなとんでもない頼み事をされ、俺は目を瞬かせる。

誘拐犯になってくれ。

端的に言えばそう頼まれたということだろうか。

「……へ？」

思わず、そんな間の抜けた声が口から出てしまった。隣を見ればエイラも涙目のまま目を丸くしている。

「ゆ、誘拐!?」

俺がそう言うと、ドゥケル達は深く頷く。

「正直、タイキ殿が本気でアツール王国に敵対すると言えば、王国は降伏する以外の術《すべ》を持たん」

「恐らく、強大なるブラウ帝国であっても同じことでしょう」

ドゥケルとハイラートが前のめりになってそんなことを言った。

「……だから、俺がエイラを、アツール王国の王女様を誘拐したと言えば……」

そう口にすると、二人は再度頷く。

「どちらとも、この空飛ぶ島から人が出向いたとしたら何らかの接触は試みることでしょう。ですので、レティーツィア王女を誘拐したという旨を記した書状だけで結構です。一方的に書状を送り付けるだけならば、タイキ殿にそれ以降お手間は取らせないでしょう」

ハイラートがそう説明すると、ドゥケルが同意する。

「なにせ、この場所に来ることが出来ないからな。文句も言えないだろう」

そんな二人の台詞を聞いて唸っていると、エイラが眉根を寄せて口を開いた。

「そんな……私の為に大魔術師様であるタイキ様のお名前を汚すわけには……」

エイラの言葉にドゥケル達が顔を見合わせるが、俺は苦笑して首を左右に振る。

「別に大した名前じゃないよ」

「そ、そういうわけには参りません。本来なら大国の王以上の待遇を受けるべきなのです。なのに、私のせいで……」

「い、いえ、姫様、ここはタイキ殿のご厚意に……」

ご厚意で狂言誘拐するのか俺は。

エイラを宥《なだ》めようとするハイラートの言葉に心の中でツッコミを入れていると、ドゥケルが「お！」と謎の声を上げて手を叩《たた》いた。

皆の注目が集まると、ドゥケルは咳払《せきばら》いをして居住まいを正す。

「……タイキ殿、この俺に妙案が……」

至極真面目な顔でそう言われて、顔が引き攣《つ》るのを感じた。

「なにか、嫌な予感が……」

《side. 王城》

「書状……!?」

ライツェントが驚愕の声を上げる中、豪華なローブを着た男が紙を手に頷いた。男は紙の上から、広間の入り口に立つドゥケルへと視線を動かす。

「書状には、あの空飛ぶ島の主……いえ、天空の城の王であるタイキという方からの要望……では無く、一方的な宣告と言いましょうか。そのようなものが記されております」

戸惑いの混じる男の言葉に、ライツェントは焦《じ》れたような顔で唸る。

「あ、あの空飛ぶ島に住む、王だと……？　やはり、伝説の大魔術師ということか。だが、そんな尋常ならざる存在が、我が国にどんな宣告を下すというのか……大臣。書状には何と書いてある？」

判決を待つ罪人のような生気の無い表情を浮かべるライツェントを横目に、大臣と呼ばれた男は溜め息を吐いてドゥケルを睨《にら》む。

「将軍はいったいどんな話をしてきたのか……書状には、レティーツィア王女を貰い受ける、とあります」

「王女!?　レティーツィアはあの空飛ぶ島にいるというのか!?」

椅子に座っていたライツェントが立ち上がりながら声を荒らげると、それまで黙っていたドゥケルが肯定の返事をした。

「確かに、この目で確認しました」

ドゥケルのその言葉に、ライツェントは苛立《いらだ》ちを隠しもせずに口を開く。

「事細かく見てきたもの全てを語れ。空飛ぶ島は、その天空の城とは、王がいるならその国民は……そして、タイキという者はどういった者なのだ。やはり、絵画に描かれる伝説の大魔術師のように、数百年を生きたに相応《ふさわ》しい姿の枯れ枝のような老人なのか？」

ライツェントは矢継ぎ早に問い掛けたが、その中に王女に対する質問は無く、ドゥケルの眉尻が上がった。

「……空飛ぶ島は大きな街ほどの大きさがあり、雲と同じほどの高さにあります。天空の城は見たこともないほど豪華絢爛。作りも魔術によるモノなのか、理解の範疇《はんちゅう》を超えたものが多かったですな。国民はあまり見ていませんが、多くの白い家々が並んでおりました。恐らく戦に介入している間は家屋の中に避難しているのでしょう」

ドゥケルは簡単にそれだけ説明すると、考えるように顎を指で摘《つま》んだ。

「後は王であるタイキ殿について、ですが……なんと言えば良いのか」

「良い。思ったこと、感じたことをそのまま述べよ」

唸るドゥケルに、ライツェントが先を急《せ》かした。

「そうですな……タイキ殿は目の前で三体のゴーレムを操って平然としている辺り、伝説の大魔術師の一人であることに間違いないでしょう。ただ、見た目は十代後半にしか見えませんな。衣服も見たことの無いものです」

「十代……いや、それはつまり、老いることは無いということか？　まさか、不死の存在というわけではあるまいな」

「そこまでは聞いておりませんな」

ドゥケルが首を左右に振ると、ライツェントは舌打ちをして椅子にどっかりと座った。

「……帝国の第四王子よりも良い嫁ぎ先かもしれんが、問題は帝国の反応だ。あの空飛ぶ島に王女が嫁いだなどと言ったところで信じるわけがなかろう」

そう呟くと、大臣がドゥケルを睨み付ける。

「まったく……何故、独断で使者の真似事《まねごと》などしたのか。私が行けばアツール王国に有利な交渉を……」

大臣がブツブツと文句を口にしていると、ドゥケルが目を細めて口の端を上げた。

「一言ゴーレムに命じれば国を滅ぼすことも出来る相手に、いったいどんな交渉を持ち掛けるつもりで？　それに、このドゥケル・クライン、戦働きばかりでなく、外交もやれると知っておいていただこうか」

ドゥケルがそう言うと大臣が目を剝《む》いて頬を引き攣らせ、代わりにライツェントが口を開いた。

「……良く分からんが、何かこちらの要望を通したということか？」

ライツェントがそう尋ねると、ドゥケルは表情を引き締めて顔を上げる。

「はっ！　このドゥケル・クライン、天空の王にアツール王国との一時的な同盟を結んでいただきましたぞ！」

ドゥケルがそう告げると、ライツェントだけでなく大臣も目を剝いて停止した。

動かない二人に対して、何処《どこ》か得意げな表情のドゥケルが人差し指を立てて口を開く。

「このアツール王国からの使者は常にこの私か、ハイラート将軍であること。そして、半年から一年に一回、天空の城より使者を連れていく為のゴーレムを派遣するとのこと。後は、アツール王国が敵対的行動を取らないのならば、天空の王はアツール王国の友である、と」

「ま、待て待て待て！　ちょっと待て、ドゥケル！」

指を一本ずつ立てながら同盟内容を語っていくドゥケルに堪《たま》らずライツェントが口を挟んだ。

「同盟とはその国の代表同士で調印を交わすほどに重要なものだ。そのような口約束みたいな……」

「そ、そうですぞ！　それに、何故ハイラート将軍の名が……!?」

大臣がライツェントの言葉尻に乗ってドゥケルを糾弾しようとすると、ドゥケルはあっけらかんとした顔で「あ」と声を漏らした。

「報告を忘れておりましたが、この王都と同じようにファルべにも天空の城よりゴーレムの大軍が降り立ち、帝国軍は撤退を余儀なくされたとハイラートより聞いております」

「はぁっ!?」

大臣の絶叫が広間にこだまする中、ライツェントは椅子の背もたれに寄り掛かった。

疲れた顔で深く息を吐くと、天井へと目を向ける。

「今日は何という日だ。次から次に予想を超える報告を受ける」

そう言ったライツェントの顔は疲労の色が滲《にじ》んでいたが、先程までよりも血の気は良くなっていた。

ライツェントは苦笑いもかくやといった顔で笑うと、ドゥケルを眺める。

「……良い、分かった。とりあえず、このアツール王国がブラウ帝国に踏み潰される心配は無くなったのだからな。次に天空の王と将軍が相対出来る時、こちらからも書状を持たせるとしよう。ドゥケル将軍。天空の王との交渉、大儀であった」

「はっ！」

こうして、アツール王国は天空の城と同盟を結んだ歴史上最初の国となったのだった。

《side. 帝国軍》
謎のゴーレムの襲撃を受けてアツール王国侵攻の断念を余儀なくされた帝国軍は、分けていた軍を再編し、国境付近にまで撤退していた。

報告を受け、ヴィオレット将軍は紫色の美しい髪を揺らし、アツール王国北部の地図を睨む。

「……王都にいた私達と、ファルベを攻めていた両軍が同時に襲われた……まさか、あの空飛ぶ島は複数あるのでしょうか」

馬車の上で唸るヴィオレットに、騎兵の一人が難しい顔で口を開いた。

「……あのゴーレム達は何だったのでしょうか。まさか、アツール王国の秘密兵器などということは……」

「それはありません。もしそんなゴーレムを王国が所持していたならば、もっと使うべき時がいくらでもあったはずでしょう。それに、アツール王国がゴーレムをあれだけの数揃えるだけでも大変な時間と資源が必要です」

ヴィオレットは騎兵の言葉を否定すると、頬を人差し指でなぞりながら細い息を吐く。

「……最低でも二百体はあのゴーレムがいると見た方が良いですね。つまり、魔術師は二百人から三百人……いえ、ゴーレムの異常な強さと性能を見る限り、五百人以上の魔術師が必要です」

「ご、五百人の一流の魔術師、ですか。ヴィオレット将軍ならば一人で一体操ることが出来るのですよね」

騎兵が何気無くそう発言すると、ヴィオレットは不機嫌そうに顔を上げた。

「私と同等以上の魔術師が二百人いる、と？　凡百の魔術師を五百人探す方が遥かに堅実ですねぇ」

「こ、これは申し訳ありません！　決してそのような意味で言ったわけでは……」

顔面蒼白《そうはく》で弁明する騎兵をヴィオレットが薄目で見据えていると、突然空から黒い影がふわりと舞い降りてきた。

それを見て、ヴィオレットや騎兵達が息を呑《の》んで身体を硬直させる。

皆がその黒い影に注目する中、舞い降りてきた黒いローブ姿のその男は、被《かぶ》っていたフードを脱いで顔を出した。

艶やかな長い金髪が溢《あふ》れでて、次に長い耳が現れる。

「……驚かせないでください、アイファ」

ヴィオレットが胸を撫《な》で下ろしながらそう口にすると、アイファは無言で周囲を見回し、最後にヴィオレットの後ろを見た。

「……敗走したと聞いたが」

アイファがそう口にすると、ヴィオレットは睨み返しながら口を開く。

「帝国領土内に戻った行商人か誰かが噂でもしていましたか。ですが、私達はアツール王国には負けていません。私達を撤退に追いやったのは空から降ってきた謎のゴーレム達ですから」

「そこだ」

アイファは目を細めてヴィオレットの言葉尻に噛《か》み付くように声を発した。

「その話を詳しく聞かせてくれ」

そう言われ、ヴィオレットは嫌そうに表情を歪《ゆが》めたが、素直にこれまでの経緯を説明した。

アイファは黙って話を聞き、低く唸る。

「……どう考えても、あの空飛ぶ島がアツール王国の味方をしたとしか思えないが、いったいどんな繋《つな》がりがあるのか」

「あのゴーレムの一軍はどう考えても大国の最大戦力です。急激に大きくなるブラウ帝国が目障りならば、素直に帝国に攻め込む決断を下すでしょう。アツール王国のような小国と同盟を結んでも利が薄いのではありませんか？」

ヴィオレットが険しい顔を見せると、アイファは面倒臭そうに横を向いた。

「同盟国を増やすような手間を取らずに、単独で帝国に攻め込むことが出来るだけの戦力、という評価か。これが我が国と大差無い国ならば、周囲を囲うように同盟国を増やしていると推測出来たが……」

「帝国を包囲する……成る程。それならば次に向かうべき国が見えてきますが……」

アイファの言いたいことが分かったのか、ヴィオレットは溜め息を吐いて首を左右に振る。

「空飛ぶ島の向かう先……リーラブラス山脈に向かったそうだな」

「ええ、そうですが……まさか、リーラブラス山脈にあの空飛ぶ島が帰る場所があると？」

ヴィオレットが目を細めてそう尋ねると、アイファは浅く頷いた。

「あの島の上には城があった。城下町らしき街もだ。それなり以上の人数が生活しているということだろう。ならば、何処かで必ず地上に降りて必要な物資や資源を入手する筈だ。リーラブラス山脈にその場があったとしても不思議ではない」

「しかし、あの山や周囲の森林は大型のモンスターの巣のようなものでしょう」

「元より、あの空飛ぶ島に到《いた》る為には高い山の頂上からと考えていた。むしろ都合が良い」

そう口にして、アイファは口の中で何か呟き、再び空へと浮かび上がっていく。

「私は島を追う。陛下にはそう伝えておいてくれ」

アイファはそれだけ言い残して飛んでいってしまった。魔境と呼べる場へ迷い無く向かうアイファの姿に、ヴィオレットが悔しそうに下唇を嚙む。

「……一人でもあの空飛ぶ島に行くことが出来る、ということですか。傲慢な」

空へと飛んでいくアイファを見上げながら、ヴィオレットは小さくぶつぶつと呟く。

そこへ、必死に駆けてくる軽鎧の男達の姿があった。

「し、失礼、致します……！」

「ア、アイファ殿はどちらへ……」

肩を上下に揺らし荒い息を繰り返す男達に、他の兵士達は眉根を寄せながら空を指差す。

兵士達は顔を引き攣らせながら空を見上げ、教えてくれた兵士とヴィオレットに向かって頭を下げた。

「陛下の命により、アイファ殿に同行しておりますので、我々はこれにて」

「くそ、あっちに街はあったか？」

「分からん。だが、行くしかあるまい」

軽鎧の男達はぶつぶつと何か言いながら、アイファが飛んでいった方向へと走っていく。ヴィオレットはその背を見送ってから、静かに口を開いた。

「帝国はあの空飛ぶ島をどうするつもり……いや、愚問でしたね。皇帝ならば、間違い無く空飛ぶ島を我がものにしようとするでしょう。しかし、それは、一つ間違えれば帝国の滅亡へと繋がる……」

ヴィオレットが誰にも聞こえないような小さな声でそう呟くと、今度は馬に乗った兵が遠くから走ってくる。

その兵の形相に、ヴィオレットと周囲の兵士達は表情が引き締まった。

「何事だ」

騎兵の一人がそう言って前に立つと、兵は馬を止めてその場に降りる。

「アツール王国が、あの空飛ぶ島と同盟を結んだと発表しました！」

兵がそう報告すると、兵達が大きくざわめいた。

「な、なんだと!?」

「アツール王国はあの空飛ぶ島と接触したというのか!?」

驚愕の声を上げる兵達に、更に報告が続く。

「アツール王国の発表によれば、空飛ぶ島にはタイキという王が治める天空の国があり、アツール王国のレティーツィア王女がそこにいるとのことです」

「ど、どういうことだ!? 何故、レティーツィア王女が……」

「天空の国!?」

「何者だ、そのタイキという者は!?」

騒然とする場の中で、只一人《ただ》ヴィオレットは目を細めて黙考していた。

顎を撫でながら、視線を上げる。

「……空飛ぶ島に城と城下町。あのゴーレム達の威容と異常な戦闘能力……あの島には間違い無く魔導の深淵《しんえん》を手にした者がいるのでしょう」

そう呟き、ヴィオレットは顔を上げた。周囲に居並ぶ兵の中の一人に声を掛ける。

「私はアイファを追って天空の国とやらへの接触を試みます。同盟を結んだという王国の言の審議をせねば軍は動かせないでしょう。各指揮官に指示を出し、帝都へ戻ってください」

ヴィオレットがそう言うと、声を掛けられた者は慌てて口を開く。

「しょ、将軍!? そのようなことをされては厳しい罰を……」

「皇帝の興味は既に天空の国にある筈です。だから、私がアイファの補助をすると伝えてください。アイファがリーラブラス山脈に向かったと言えば納得するでしょう」

そう告げると、ヴィオレットは椅子から立ち上がり、小さく何か呟いた。

ふわりと身体が浮かび上がり、自分を見上げる者達を見下す。

「それでは、任せましたよ」

そう言い残して、ヴィオレットはアイファァを追って飛んでいってしまったのだった。

閑話　戦争時のメーア達の驚愕

Heavenly Castle

その日も、何も知らされていなかったメーア達《たち》は作物の収穫に精を出していた。

「おお、今日も豊作だ」

ラントが庭園の作物を見て笑うと、シュネーが頷《うなず》いた。

「いつも思うけど、大魔術師様の庭園は不思議だね」

二人がそんなことを言っていると、トレーネが微笑《ほほえ》みを浮かべて口を開く。

「魔術は私にも良く分かりませんが、この空飛ぶ島を見ればそれだけでタイキ様の凄《すご》さが分かります。しかし、それよりも素晴らしいことはタイキ様がそれだけの力を持っていても、誰にも優しく丁寧に接してくださることですね。とはいえ、その優しさに甘えてただダラダラと怠惰に過ごしていたのでは護人《もりびと》の一族の名が廃ります。さぁ、皆で頑張って働きましょうね」

トレーネがそう言って顔を巡らせると、ラントとシュネーは慌てて頭を下げて収穫を再開した。

と、その時、最後まで周りを見ていたメーアが声を上げた。

「……？　何か出てきた」

そんな言葉に、トレーネ達はまた顔を上げ、メーアが見つめる先に顔を向けた。

皆が目を向ける中、開け放たれた城門から、複数の人影が姿を見せていた。

「……タイキ様の、ゴーレムか？」

ラントがそう呟《つぶや》くと、メーアが首を左右に振る。

「いつも見てるのじゃない」

メーアのそんな台詞《せりふ》に、トレーネが首を捻《ひね》る。

「いつものというと、あの水を撒《ま》いているゴーレム達？　違うゴーレムがあんなに……」

「ああ、あの城の中にいた凄い数の……」

メーア達がそんな会話をしている間も、ロボットは次々と城から姿を現してくる。最初は雑談しながら眺める余裕があったメーア達だったが、その数が五十を超えた辺りから段々と口数が減っていった。

「お、おい……もう、何十体も……」

「五十、いや、六十はいるよね？」

「まだ出てきますよ」

「うん、いっぱい」

そんなことを言っている内に、丘の上には二百体を超えるロボットが列を作って並んだ。

その大軍に、メーア達は目を丸くしたまま固まる。

四人が見守る中、ロボット達は一斉にフワリと浮かび上がり、空へと飛翔《ひしょう》した。

徐々に加速していくロボット達は、やがて放たれた矢のように速度を上げて空を舞い、バラバラに地上へと降下していった。

その様子を唖然《あぜん》と見ていた四人は、やがてぽつぽつと喋《しゃべ》り始める。

「……な、何が起きたの？」

いつも冷静なトレーネが珍しく動揺を隠さずにそう口にした。それに、ラントが眉根を寄せて返事をする。

「……せ、戦争でも始まったんじゃないか？　タイキ様に逆らって勝てるとは思えないが……」

「こんな空の上に誰がケンカを売りに来るって言うのよ」

ラントの台詞にシュネーが乾いた笑い声を上げてそう言った。だが、シュネーの言葉に皆が同時に固まる。

「……じゃあ、タイキ様が自分からあれだけのゴーレムを動かしたってことか？」

「そんなわけない」

ラントの言葉尻に噛《か》み付くようにメーアがそう口にした。皆がメーアを見ると、メーアは怒ったような顔で口を尖《とが》らせている。

「タイキ様に聞いてくる」

メーアがそう宣言して歩き出すと、トレーネ達は慌てて後を追いかけた。

「い、いやいや！　タイキ様を疑ってるわけじゃないぞ!?」

「そ、そうだよ、メーア！　わざわざ聞きに行かなくても……」

ラントとシュネーが止めようとするが、メーアは大股歩きで坂を上っていく。その後ろ姿を見て止めることは出来ないと判断したのか、トレーネが眉尻を落として溜《た》め息《いき》を吐《つ》いた。

「……メーア。タイキ様に失礼の無いように聞くんですよ？」

「分かってる」

トレーネに返事をしたメーアに、ラントとシュネーも顔を見合わせ、首を左右に振った。

「……仕方無い」

「タイキ様が怒ってたらどうしよう……」

「怖いことを言わないでちょうだい」

ラントとシュネー、トレーネの三人はそんなやり取りをしながら、メーアに続いて城の中へと足を踏み入れた。

城内を進んでいき、巨大な円柱に似たエレベーターの中へと入る。

使い慣れた様子でエレベーターを操作するメーアに、シュネーが驚く。

「随分と覚えたね」

「毎日使ってるから」

拗《す》ねたように口を尖らせたままのメーアだったが、シュネーの言葉に耳を嬉《うれ》しそうにピコピコと動かしていた。

その様子に苦笑を浮かべ、ラントが腕を組んでトレーネを見る。

「それにしても、あのゴーレムの数は凄かったな。二百体近くいたんじゃないか？」

「そうね。まさか、あれだけの数を同時に動かすなんて……」

二人が話していると、メーアが振り向いて口を開いた。

「もう着くよ」

メーアがそう言って、二人は背筋を伸ばして顔を上げる。すると同時にエレベーターのドアが開いて操作室の風景が広がった。

操作室にはパネルの前に座るタイキと、その斜め後ろにエイラの姿があった。

「タイキ様」

メーアが名を呼びながらエレベーターを降りると、タイキが振り向く。

「おや？　皆さんどうしたんですか？」

いたって普段通りのタイキが不思議そうに首を傾《かし》げると、トレーネ達の肩の力が抜ける。

「あ、いや、その、ちょっとゴーレムが……」

ラントがバツが悪そうにそう口にしようとすると、メーアがラントの台詞に被《かぶ》せるようにして質問を口にした。

「ゴーレムが沢山出てきた、です」

端的なメーアのその言葉に、タイキは目を瞬かせてから苦笑した。

「ああ、そうか。城の入り口から出ていったからね」

タイキはそう呟くと、画面に振り返って指を置いた。

すると、四方のスクリーンの映像が切り替わる。

「こ、これは……？」

映し出された映像にシュネーが思わず声を上げる。スクリーンには、上空から俯瞰《ふかん》で見たような光景が表示されていた。

大きな城塞都市の一部と、更に大きな城壁に囲まれた城と街である。その街が、数えられないほどの大量の軍に迫られている。

どう見ても開戦する間際といった光景に、トレーネ達は目を剝《む》いた。

「これは……アツール王国、ですか？」

トレーネがそう言うと、タイキが頷く。

「そうですよ。アツール王国の王都とブラウ帝国との国境付近にある城塞都市ファルべってところですね。とある理由で、帝国が王国を攻めようとしているみたいなんですよ。それで、かなり不利な状況のアツール王国がエイラの故郷だし、戦争を止めてみようかなって」

「せ、戦争を止める……？」

タイキの台詞にラントが驚きの声を上げた。

「はい、ちょっとだけ介入してみます。多分、被害は最小限で止めることが出来るんじゃないかなと思いまして」

そう言って照れ笑いを浮かべるタイキを、トレーネ達は信じられないものを見るような目で凝視する。

「そんな簡単なものですか？」

「あの大地を埋め尽くすような大軍がそう簡単に引くとは……」

半信半疑のラントとシュネーに、トレーネが浅く顎を引いて眉根を寄せた。

「タイキ様が出来るというならば出来るのでしょう」

トレーネは自分に言い聞かせるようにそう言い、メーアが静かに首肯する。しかし、シュネーがそれに頭を捻った。

「いや、でも……ほら、あの軍の先頭に見える大きい兵士みたいなの、ゴーレムみたいだよ？」

「ゴーレム!?　あんなに!?」

シュネーの言葉にラントが驚いてスクリーンに近付いた。

「寄せましょうか？」

そう言ってタイキが遠視カメラを操作すると、帝国軍の最前線に映像がクローズアップされていく。すると、人の倍以上はある体軀《たいく》をした巨大な人影が幾つも並んでいる光景が鮮明に映し出される。

その迫力のある映像に、全員が言葉も無く見入った。

「いやぁ、凄い迫力だね。ゴーレムもそうだし、兵の数も凄い」

そう言って、タイキは「本当に映画みたいだなぁ」などと続けて笑う。

すると、映像の中に空から新たな人影が降り立つ光景が映し出された。人影はA1に良く似ていた。帝国のゴーレムに比べて随分とスマートなロボット達が次々に地上へ舞い降りていく様に、ラントが慌てた様子でタイキを振り返る。

「タ、タイキ様！　武器も鎧《よろい》も身に着けていませんよ!?」

「あ……っ!?」

ラントの言葉にシュネーも思わずといった様子で声を上げた。エイラやトレーネも不安そうにタイキの横顔を見る。

それに、タイキは曖昧に笑い、誰にも聞こえないくらい小さな声でそっと呟いた。

「武器も鎧も見つからなかったからなぁ。でも、多分大丈夫だとは思うけど……」

気楽な調子でそっと呟かれた一言を聞き取った者はおらず、皆の目には動じた様子の無い、不敵な笑みを浮かべたタイキの姿が映るだけだった。

「わ、笑ってる」

「ゴーレム数百体を一人で動かしてなお、まだ余裕があるのか?」

シュネーとラントが目を見張る中、帝国のゴーレムとタイキのロボットが衝突する瞬間がスクリーンに映し出された。

ぶ厚い鎧を着込んだ巨体のゴーレムが、自らの身長にも届くような斧《おの》を手にタイキのロボットに迫る。

「あっ!?」

あっという間だった。

瞬く間に、斧の柄とぶ厚い鎧、そしてゴーレム本体がタイキのロボットに切り裂かれた。斧の上部が空を舞い、鎧とゴーレムの身体《からだ》は肩から腰にかけて真っ二つに分かれて崩れ落ちる。

一方、片手を振り抜いた格好のタイキのロボットは、地面に転がるゴーレムを見もせずに次のゴーレムへと歩き出す。

その信じられないような光景に、エイラが口をパクパクと何度か開閉させる。

「……そ、そんな……」

エイラの声だけが響いた操作室の中で、皆はスクリーンの中の映像に釘付《くぎづ》けになった。

タイキのロボットは一、二撃で帝国のゴーレム達を素手で引き裂いていく。タイキのロボットが殴れば金属の身体が砕け、蹴れば重たい身体が冗談のように吹き飛んでいく。

そんな圧倒的な力を目にして、トレーネが掠《かす》れた声を発する。

「だ、大魔術師……私はまだ、心の何処《どこ》かで完全に信じていなかったのかしら。大魔術師であるタイキ様のゴーレムとはいえ、あれだけの力の差が……」

そんな困惑するトレーネに、ラントが首を左右に振る。

「……誰だってこんなことが起きるなんて想像も出来ない。武器も鎧もあって、体格差でも勝ってた筈《はず》のゴーレムが、まるで細い木の枝を折るように……」

二人がそんな会話をしている間に、帝国のゴーレムは全てタイキのロボットによって一掃されてしまった。

「よし。被害無し」

タイキがそう口にすると、エイラが引き攣《つ》ったように口の端を上げて笑う。

「は、はは……被害が無いどころか、傷一つ無いように思いますが……」

「あ、あれ？　帝国軍がバラバラになって逃げていくよ？」

シュネーの困惑した声が聞こえ、皆は映像を眺める。

兵達はまるで蜘蛛《くも》の子を散らすように前線から順番に逃走を始めており、どう見ても軍としての統制は取れていない。

何万という大軍が、百、二百というタイキのロボット達相手に逃げ出す。

中にはギリギリまで残った魔術師が炎の玉をロボットに向けて放ったりもするが、轟々《ごうごう》と燃える炎もロボットの手によって空中で消し飛ばされた。

誰の目にも勝敗が決した時、何故《なぜ》かメーアが胸を張ってラント達を見る。

「ほら、やっぱりタイキ様が勝った」

そんなメーアの台詞に、ラントが慌てて首を左右に振る。

「い、いやいやいや！　別にタイキ様が負けると言ったわけじゃないだろう!?」

WIN
ER!

動揺するラントにタイキは笑い、画面の一つを見る。

「頼りになるな、お前の兄弟は」

そこには、ヴィオレット将軍のゴーレムをバラバラにするＡ１の姿があった。

最終章

ある行商人

Heavenly Castle

戦争後の混乱も収まらない王都で、人目を気にするように辺りを見回す商人の姿があった。

「聞いたか、おい」

そう言ってターバンを巻いた男が顔を寄せると、馬車の荷台の荷物を確認していた白髪の男が神妙な顔で頷《うなず》いた。

「ああ、フンダートの野郎だろ？　馬車ごと空に飛んでいったっていう……」

「そう、その馬鹿みたいな噂《うわさ》だ」

ターバンの男が同意すると、白髪の男は顔を顰《しか》める。

「眉唾と分かってるんなら何でそんな話をするんだ？」

「眉唾じゃ無いからだよ」

ターバンの男はそう言い切ると、興奮したように腰に下げた皮袋から何かを取り出した。

「これ、何だと思う？」

「……何の葉だ？」

そう言われて白髪の男が見ると、その手のひらの上には葉っぱがチョコンと乗っている。

「匂い嗅いでみろよ」

「……不思議な香りだな。これがどうかしたのか？」

手のひらに鼻を近付けていた男が顔を上げてそう尋ねると、ターバンの男は葉っぱを摘《つま》んで持ち上げた。

「ミント、という葉だそうだ。匂いが強く、料理などにも使えるらしい。他にも色んな珍しいものを持ってたって話だ」

ターバンの男がそう言うと、白髪の男が目の色を変えてミントの葉を見た。

「……つまり、噂の空飛ぶ島で手に入れた代物ってことかよ。そいつは金になるな。だが、本当か？」

「嘘《うそ》じゃねぇだろうさ。どっかの辺境で珍しいものを集めてきたにしては葉やらも新鮮過ぎる。それに、つい三日前に王都でフンダートの野郎を見たばかりだ。仕入れる時間も金も無いだろうぜ」

「……空飛ぶ島に行ったかどうかは別にしても、他では手に入らない品ってのが魅力的だな。気を付けないと、フンダートみたいな貧弱野郎じゃ根こそぎやられちまうぞ」

白髪の男が含みのある笑みを浮かべてそう口にすると、ターバンの男は溜《た》め息《いき》を吐《つ》いて苦笑する。

「残念ながら、その心配は無いだろうぜ。残念ながらな」

《side. フンダート》

王都から帝国軍が手を引いた二日後。

街の外へと馬車を走らせる男の姿があった。背中が大きく丸まった猫背が特徴的な細身の男だ。歳《とし》は四十代ほどだが、疲れた表情が男を年齢よりもずっと老けて見せていた。少し薄いペッタリとした黒い髪に茶色の目という見た目もあり、全体的にぼんやりとした印象を持たせる男である。

「フンダート。やるしかないんだ。王都で売れなかったなら、次は別の大きな街で売れば良いだけだ。商品には問題は無いさ。むしろ、最高級品なんだから、少し田舎の町の領主なんかが飛び付いてくるに違いないぞ」

その男、フンダートは自らに言い聞かせるようにそう呟《つぶや》き、街道を馬車で進んでいた。

フンダートは周りを気にしながら進み、時折馬車の荷台へと目を向ける。

「帝国軍の残党なんていないよな？　いやいや、あの黒いゴーレムを見たなら皆逃げ帰ってるに決まってるさ。なにせ、行商人仲間も皆街から出ないくらい怖がっているんだから……」

広い王都近くの街道。普段なら様々な職の人々が行き交う賑《にぎ》やかな街道だが、何処《どこ》を見ても人の気配も馬車の姿も無かった。

いるのはフンダートとその馬車だけである。不安から挙動不審な動きをするフンダートは、前後左右にばかり気を取られ、上から近付く影に気が付かなかった。

突然、フワリと馬車が浮かび上がり、フンダートは目を瞬かせて地面を見下ろす。

「え？」

馬と馬車を繋《つな》ぐロープが張っていき、フンダートが混乱してワタワタと手足をばたつかせる中、もう一つの影が舞い降りて馬を横から抱き抱えた。

「うわぁっ!?」

突然の来訪者にフンダートは悲鳴を上げて仰《の》け反《ぞ》り、荷台の方へ逃げようと振り返る。

そして、馬車の後ろにいた巨大な人影に気が付いて絶叫した。

「ゴ、ゴ、ゴーレム、ゴーレムだぁああっ!?」

大空へと浮かび上がっていく馬車から響いたフンダートの絶叫は、遠く王都の門にまで届いたという。

◇　◇　◇

何の因果か出来たばかりの空飛ぶ天空の国へと辿《たど》り着いたフンダートは、気を失った馬を馬車の上から放心状態で見下ろしていた。

「こ、ここは……」

ぼんやりとした様子で周囲を見回すが、近くに立つ二体のロボットも気にならなくなっており、代わりに大きな木々に目が向いていた。

だが、島の最も高い場所にある城を見上げて、フンダートの目に力が戻る。

「……な、なんて城だろう。ここは天国なのか……いや、雲が真横にある……それに、このゴーレムは……」

震える声で呟き、フンダートは馬車から降り立った。

改めて周りの景色に目を向けて、口を開く。

「まさか、王国が公表した同盟国……」

「いやぁ、申し訳ありません。怖かったでしょう？」

いきなり声を掛けられ、フンダートは間の抜けた声を発してその場に尻餅をついた。

顔を上げると、そこには地味だが優しそうな顔の青年の姿があった。青年はフンダートと馬車を眺め、口を開く。

「戦争の直後だからか、全く商人さんがいなくて困っていたんですよ。商人さんですよね？」

そう言われて、フンダートは慌てて立ち上がりながら返事をした。

「は、はい！　フ、フンダートと申します……！　もしや、噂の大魔術師様のお一人で……？」

変わった服装の青年を上から下まで眺めながら、フンダートはそう尋ねる。それに青年は苦笑し、首を傾《かし》げてみせた。

「噂ですか。いったいどんな噂になっているんです？」

「あ、えっと、空を舞う島には天空の国と呼ばれる国があり、そこは十人の伝説の大魔術師様とその弟子である二百人以上の魔術師達《たち》がいる、と……」

「お、おお……そんな凄《すご》い話になってたんですか」

フンダートの台詞《せりふ》に驚いた様子の青年は困ったように笑い、自分を指差した。

「俺はタイキと言います。よろしくお願いしますね、フンダートさん」

青年が名乗りながら片手を出し、フンダートが思わず両手を出して手を握り返そうとした瞬間、タイキの背後に複数の人影が姿勢を低くして身を潜めていることが分かった。

息を呑《の》んで硬直するフンダートに、タイキが「あぁ」と言って後ろを振り向く。

「皆さん、あんまり睨《にら》まないであげてくださいね。それでなくても空の上にまで連れてこられて怖いでしょうし」

「はい、分かりました」

タイキの言葉に返事をし、猫獣人の若い男女が立ち上がった。すっかり怯《おび》えてしまったフンダートは猫獣人達をチラチラと見ながら口を開く。

「あ、あの、何の用で私を……?」

「あぁ、そうですね。まだ言っていませんでした」

そう言って、タイキはフンダートの所有する馬車を指差した。

「下界の商品が色々と欲しくてですね」

タイキのその答えに、フンダートは目を何度か瞬かせて頷く。

「わ、私の品を買いたい、ということですか？　それは有り難いお話で……」

フンダートが喋《しゃべ》っている途中でタイキが片手を上げて首を左右に振った。

「申し訳ないのですが、お金が無くて……」

本当に申し訳無さそうに言われたタイキの言葉に、フンダートはギョッとしてロボット二体に目を向ける。

今にも泣きそうなフンダートの顔を見て、タイキは慌てて両手を振った。

「あ、いやいや！　もちろん、タダで貰《もら》おうなんて思っていませんよ！　どうやら、下界には無い珍しいものもこの島にはあるようですので、良かったら物々交換という形でどうにか出来ないかな、と……」

説明を聞き、フンダートは胸を撫《な》で下ろして息を吐く。

「そ、そうですか……！　それでしたら、是非ともお願いします！　都会では珍しいものが良く売れますからね。こちらとしても有り難いですよ！」

話を理解したフンダートは嬉々《きき》としてそう言うと、急いで馬車の方へと走っていったのだった。

「よし。それではこちらもお願いします」

「はい」

タイキの指示を聞き、二人の猫獣人が大きな籠を持って前に出た。

二人はてきぱきと地面に布を敷き、その上に野菜や植物などを並べていく。

「こちらがかの有名な仕立て屋で特別に作った衣装でして、材料にもこだわり抜いて作ったものの、王都に持っていっても高過ぎて貴族しか買えないと門前払いを受けてしまいました。しかし、貴族のツテなどあるわけが無いので、どうしたものかと……」

ぺらぺらと下手な口上を述べながら商品を持ってくるフンダートだったが、タイキの前に並べられていくものを見て足を止めた。

明らかにガッカリと落ち込んだフンダートに苦笑し、タイキは足元に並ぶものを指差す。

「フンダートさん。その服も見事なものでしょうが、こちらも捨てたものではありませんよ？」

タイキがそう告げると、フンダートは慌てて首を左右に振った。

「い、いやいや、滅相も無い！　なにもガッカリなどしておりませんとも！　是非ともその品々を見せていただきたいと思っていたところです！」

「そうですか。では、こちらも商品を説明するとしましょう。まずはこちらから……わさびという薬味でして、強い辛味と風味が特徴的なものです。後で実際にわさびを使って料理も作りますので是非ご試食ください」

「わ、わさび……確かに見たことも聞いたことも無い……」

「後は、ハーブなども種類が無いと聞きました。あ、アツール王国では香茶と呼ぶのでしたね。こちらでは様々な種類がありますので高値で売れると思いますよ」

「香茶ですか！　それは確かに魅力的です！　財を成した者の指標などとも言われていますからね。珍しい香茶の葉なら間違い無く売れます！」

と、気が付けば気分が随分と前向きになったフンダートは、前に乗り出すようにしてタイキの説明に夢中になっていた。

◇　◇　◇

「あ、あの……」

フンダートが城門を守る衛兵に声を掛けると、衛兵は胡散臭《うさんくさ》い者を見るような目を向けた。

「なんだ」

短く答えた衛兵に、フンダートはタイキから預かった書状を差し出し口を開く。

「て、天空の王より、ドゥケル将軍に書状をお預かり致しました。どうかお受け取りください」

冷や汗をだらだらと流しながらフンダートがそう告げると、衛兵は表情を変えて書状を受け取った。

「……何故《なぜ》、お前がこれを？」

「幸運にも、天空の王の目に留まったらしく……あ、それでは、私は天空の国より仕入れたものを売りに行かねばなりませんので……」

そう言って立ち去ろうとしたフンダートに、衛兵が血相を変えて口を開く。

「ちょ、ちょっと待て！　天空の国より仕入れたものだと!?　すぐにドゥケル将軍に書状を届ける故、そこで暫《しばら》く待て！」

「へ？」

疑問符を浮かべるフンダートを残し、衛兵はあっという間に走り去っていった。

約一時間後、城内に呼ばれたフンダートの前には豪華な鎧《よろい》を着た壮年の男が立っていた。その後ろには地位の高そうな服装の人々がずらりと並んでいる。

フンダートは無礼を働いたら極刑になるかもしれないと怯えながら、大きな木製のテーブルの上に並べられた品々を説明していった。

タイキの説明をメモした紙を読んで説明するフンダートに、豪華な衣装に身を包んだ赤い髪の男が質問をする。

「その品々は幾らで売るつもりだ」

「あ、いえ、まだ値は決めておりません。ただ、世にも珍しい品々ですので、出来たら全部合わせてこれくらいで売ろうかと……」

おどおどとした態度で出した値段は、王都でもそれなりの家が買えるほどの額だった。

商売人としてのいつもの癖で、最初に高い値を提示してから徐々に値を下げるつもりのフンダートだったが、赤い髪の男が表情も変えずに言った言葉に目を剝《む》くこととなった。

「おぉ、安いな。ならば私が買うとしよう。もし次があったならまた王城へ持ってこい」

「……へ？　す、全てお買い上げで……？」

目を丸くするフンダートに見向きもせず、男は側《そば》にいた兵に声を掛ける。

「金を用意せよ」

「はっ！」

男の命を受けて走り去っていく兵の背中を見て、フンダートはハッとした顔で男に目を向けた。

「……こ、国王陛下……？」

フンダートは消え入りそうな声でそう呟き、顔色を変える。

「もし、天空の国へ行く日時が分かる時があったら私に必ず伝えよ。褒美は期待して良い」

「は、ははぁっ！」

フンダートがその場で倒れ込むようにして跪《ひざまず》きながら返事をすると、国王はそれ以降何も言わず去っていった。

跪いたまま固まったフンダートを見下ろし、ドゥケルが声を掛ける。

「天空の王はどうだった」

端的なその言葉に、フンダートは曖昧な顔を向ける。

「は、はい……見た目は間違い無く二十歳前後といった若々しさですが……その物腰は柔らかく、今にして思えば見た目にそぐわない、ゆったりとした落ち着いた雰囲気だったような……」

「なるほど。やはり、天空の王は永い時を生きてきた大魔術師に違いないな。次に会える時が来たら、それとなく神話の話を振ってみるべきだろうか……」

ドゥケルは独り言のようにぶつぶつとそんなことを呟きながら、国王の去っていった方向へと歩いていった。

「……し、神話の大魔術師……」

残されたフンダートは床に跪いたまま、小さくそう呟いた。

こうして、タイキの肩書きは更に豪華になっていくのだった。ちなみに、破産目前から大逆転したフンダートはアツール王国一の幸運な男ということで有名になり、後にフンダート商会を立ち上げることになる。

《side. 天空の王》

幹の太い樹木に挟まれるように立ち、何処までも広がる青空を眺める。

緩やかな風が頬を撫でていき、身体《からだ》を伸ばして声を上げた。

「……今日は良い風が吹くねぇ」

そう口にすると、エイラが手櫛《てぐし》で髪を整えながら頷く。

「はい。気持ちが良いです」

返事をするエイラの美しい赤い髪が風に吹かれて揺れた。今日のエイラはいつもの茶色の地味な服では無く、自ら光を放っているかのような見事な白いドレスを着ている。

まさに王女様のような姿に、正直何度も見惚《みと》れてしまっていた。

いや、本当のお姫様なら似合うのも当然だろうか。なにせ、A1もSPのように斜め後ろに立って見守っている。

いや、別に良いけど、お前は俺の後ろに立つのが当たり前じゃなかろうか。

そんなことを考えながらエイラとA1を見比べていると、背後から抗議の声が聞こえてきた。

「……お母さん、タイキ様がまたエイラ様を見てる」

「うーん、困ったわねぇ……何とか側室にメーアとシュネーが入れると良いけど」

「私も!?」

「行き遅れたシュネーには荷が重……ぐはっ」

「ラントだって独身だろうが」

賑やかな声とその内容に苦笑しながら振り返り、トレーネ達に目を向ける。

今日はトレーネ達も普段と違い、肌の露出が多い踊り子のような衣装を着ている。青系の髪に合わせたのか、水色や薄い青紫などの色を選んでいるようだ。一見すると踊り子というか、ベリーダンスっぽい見た目である。

全て昨日の行商人さんから仕入れた品々だが、確かに自慢するだけあって個性的で面白いものが多かった。猫獣人の感性に合っていたのか、トレーネ達はすぐさま今の衣装を手に取った。

服を着てクルクルと回るメーアはとても愛らしい。

そんなことを思いながらメーアを見ると、あちらも少し照れた様子でこちらを見ていた。尻尾は不安そうに下の方で揺れている。俺の顔が向いたことで緊張したのか、何故かシュネーも似たような態度で固まってしまった。

「メーアちゃんもシュネーさんも可愛《かわい》いですよ」

そう言うと、メーアは嬉《うれ》しそうに目を細め、シュネーは奇声を上げて仰け反った。

「か、可愛いだなんて、そんな……!?」

手をバタバタと動かしているが、尻尾はメーアと同じように大きく揺れている。凜《りん》とした雰囲気のシュネーだが、もしかしたら意外と可愛らしい性格なのかもしれない。

ふりふりと揺れる尻尾を眺めながら、俺は口を開く。

「王国と帝国の戦争を止めた謎の大国、か。住んでる人は王様を除くと五人しかいないんだけど」

そう言うと、トレーネ達は困ったように笑った。エイラまで苦笑している。ちなみに、エイラのドレスは俺が気に入って勧めてみた。王都での流行《はや》りよりかなり地味らしいが、個人的には好みである。

そんな美しいドレスを着たエイラがどこまでも広がる大空を眺め、口を開く。

「……それで、どちらへ向かっているのですか?」

エイラがそう言いながらこちらを振り返ると、釣られてメーアも顔を向けてきた。

「何処に行くんですか?」

キラキラした目でこちらを見てくるメーア。初めてのお出かけを期待する子供のようだ。

「フリーダー皇国って国を見てみたいなと思って」

「フリーダー皇国？」

俺の言葉にメーアが首を傾げる。すると、俺が答える前にエイラが口を開いた。

「帝国と王国の隣の国ですね。最南端はアツール王国とフリーダー皇国が並んで支配していますから、ある意味ではアツール王国と国力も立場も似た状況の国といったところでしょうか」

エイラは王族らしい考え方で、国としての立ち位置を話して説明していたが、一般庶民の俺としてはもっと別の部分に興味がある。

街並みや、文化、珍しい食べ物などだ。ぶっちゃけ、海外旅行気分以上のものは無い。

アツール王国やブラウ帝国は中世ヨーロッパの雰囲気があった気がするが、やはりフリーダー皇国も同じだろうか。

「どうせなら街並みを歩いてみたいよね」

異国の情緒を肌で感じてみたい。

そんな軽い気持ちで口にした言葉だったが、メーアの奥にいたラントとシュネーの目が鈍く光った。

「お任せください。我々がタイキ様の身を守ります」

「お伴《とも》します」

ヤル気に満ち溢《あふ》れた二人を眺め、笑って首を左右に振る。

「いやいや、冗談ですよ。お気遣い、ありがとうございます」

まぁ、ある意味ではお尋ね者のエイラもいることだし、もっと遠くの国へ行った時にはお願いしてみようか。

そんなことを考えて遠慮したのだが、ラントとシュネーは何故か残念そうである。

「それじゃ、今はどの辺りか確認に行こうかな。夕食も近いし、皆さんもお城に行きますか？」

俺は取り繕うようにそう口にした。

◇◇◇

城の五階にある操作室には、トレーネ達はまだ一度しか来ていない為《ため》、皆興味津々といった様子で周りを見回している。

スクリーンには広大な森と、こちらに近付いてくるように高く聳《そび》える山が映っていた。

「やっぱり、あの山は大きいねぇ」

そう口にすると、隣でエイラが頷く。

「リーラブラス山脈は南部で最大の山ですからね。北部にあるツヴァンツィヒ山脈とどちらが世界一大きいのかと良く比べられています」

「あれ？　初耳。そんな山があるの？」

「はい。どちらも天にまで届く山脈ですから、優劣がつけられなくて」

「へぇ。凄いねぇ」

地球のエベレストみたいな感じだろうか。山登りする人とかあんまりいないのかな。

そんなことを考えながら後ろを振り向くと、立っているのはＡ１だけで先程までいたはずのトレーネ達がいなかった。

と思ったら、何故か皆一列に並んで跪いている。両膝をついて跪き、顔の前で両手を組む四人。

「へ？　どうしたんですか？」

驚いてそう尋ねると、トレーネが珍しく神妙な顔でこちらを見た。

「……我々にとって、リーラブラス山脈は神々の在《おわ》す地です。山々が見えた時は頭を下げなければなりません」

「あ、そうなんですね。いつも朝とか昼とかにお祈りを？」

少々驚いたが、山脈の麓に広がる深い森を守っていた人達ならば納得である。

質問してみると、トレーネは浅く頷いて目を細める。

「はい。普段は山々は霞《かす》んでおり、これほどハッキリと見えたことはありません」

そう口にすると、なんと、トレーネの目から一筋の涙が溢れた。

スクリーンに映し出された雄大なリーラブラス山脈の姿を見つめ、微笑《ほほえ》む。

「……やはり、神々の在す地は美しいですね」

白く染まった山頂はナイフのような尖《とが》り、最も大きな山を取り囲むように他の山々が列をなしている。今回は運良く雲も少ない為、その景色はまさに絶景だった。

青い空をバックにした雪化粧の山脈。

確かに、神々が住んでいたとしても不思議では無い気がする。

「……山の上を通ろうかと思ったけど、迂回《うかい》をしようか」

この山には敬意を払うべきだろう。

トレーネ達が崇《あが》める山を跨《また》ぐわけにもいかないという理由もあったが、素直に山への敬意も感じていた。

「そうですね。それが良いと思います」

エイラは優しい微笑を浮かべ、そう同意した。

美しくも荘厳な峰と何処までも広がる青空は、楽しい未来が待っていると伝えてくれているようで、俺は自然と笑っていた。

「さぁ、次は大陸南部最後の国、フリーダー皇国か。楽しみだな」

番外編　タイキの自室生活

Heavenly Castle

その日、妙に身体《からだ》がだるい俺はゴロゴロとベッドの上で寝返りを打ち、眠気が完全になくなるまでだらけていた。

「……あぁ、やる気が出ない」

そう呟《つぶや》き、天井を見上げてぼんやりとする。

少しザラザラした壁紙の天井や、壁、フローリングの床。壁際には本棚があり、ベッドに寝転んだ状態で横を向いた先にはテレビも置かれている。

モゾモゾと動き、枕元に置いていたリモコンを手にしてテレビを点《つ》ける。

すると、画面は真っ暗なまま、右上に白い文字で『ヒデオ』と表示されていた。

「……分かる人にしか分からないネタを何故《なぜ》天使が……」

俺は半眼でそれを眺めて呟き、リモコンを操作した。

すると、ブルーレイのプレイヤーが動き、何かしらの映画が再生される。

古いアニメーション映画だ。

日本では絶大な知名度と人気を誇る名作である。古いながらもテンポの良い展開と夢のある世界観は、世代を問わず観《み》る者を魅了する素晴らしい映画だ。

子供の頃、この映画を観た俺は強烈にその世界に憧れたのを覚えている。

壮大な景色や、巨大な飛空挺《ひくうてい》。大人に翻弄されながらも懸命に走る主人公達《たち》。

情報量が多く、一回見ただけで完全に消化出来るかと問われれば、正直言って無理だろうと思う。

だが、それでも複数の団体や組織の思惑、陰謀が交錯し、衝突する様はドキドキするだろう。

未知の遺跡や古代の兵器が動き出す瞬間も堪《たま》らない。

何度観たかも分からない素晴らしい映画だ。その映画をぼんやりと最後まで鑑賞し、ようやくベッドから起き上がる。

映画のエンディングテーマの曲を聴きながら、一人暮らし用の冷蔵庫へ向かい、中からコーラを取り出す。

グラスに注ぎ、細かな泡が弾《はじ》ける黒い液体を口に流し込む。朝一番のコーラは少々きついが、身体がだるい時は何となくシャキッとする気がした。

「……うん」

何となくスッキリした気がした。

シンクの中に置いた白いプラスチック製の桶《おけ》にグラスを入れ、水で浸す。

ダラダラとキッチンで食パンを準備し、トースターに入れた。

パンが焼ける前にジャムとバターを用意し、インスタントコーヒーを淹《い》れる。

パンが焼けた。

焼けたパンを平たい丸皿に載せてジャムとバターを塗っていく。一枚のパンの半分にバター、半分にジャムを塗る。たっぷり塗る。

半分に折る。

そうやって食べると美味《おい》しい。外では出来ないが、自宅ではたまにやる食べ方である。

コーヒーにはミルクを少しだけ入れる。香ばしい香りを楽しみ、少しだけまろやかになったコーヒーを口に含む。なかなか美味しい。

朝食を終えてホッと一息吐《つ》き、片付けをしてから歯を磨き、顔を洗って着替える。

洗濯乾燥機に服を放り込んでスイッチをいれ、操作室へと降りた。

操作室には昨日からA1がジッと待ってくれていた。

「おはよう、A1」

そう挨拶をすると、A1が顔を上げた。

「今日は雨が降ったりして？」

そんな馬鹿なことを言いながら笑い、画面の前に移動する。

「雲の上だから雨なんか降らないっての」

自分で自分の冗談に突っ込み、少し虚《むな》しい気持ちになりながら画面に指を置いた。

画面の中に浮かぶ文字を指で触れて選択していき、島の中の様子をスクリーンに映し出す。

真面目で勤勉なロボット達は、俺がだらけている間もしっかりと働いているらしい。既に庭園の中にはロボットが歩き回っており、剪定《せんてい》をしたりなぞしている。

白い家が並ぶ二つの住宅街には人の気配は無く、まるでゴーストタウンのような印象を俺に与えた。この世界に来た当初は地中海に面した美しい町並みのようだと感動したものだが、景色のもたらす印象は見る人の感情で決まるのかもしれない。

今では、広くて美しい町並みが余計に物悲しい。

「寂しいねぇ、A1」

そう口にすると、無言でスクリーンを見つめるA1の横顔を見て笑う。

「いや、お前がいるからまだ良いんだけどな。こんだけ家があるのに誰も歩いていないってのは寂しいよなって意味だよ」

何となく言い訳を口にしてから、カメラを遠視カメラに切り替えた。

画面いっぱいに映る大海原と水平線。

毎日毎日、自分でも嫌にならないのかと不思議になるほど見てきた景色だ。

偶《たま》に水龍みたいな巨大な海蛇や、馬鹿みたいにデカイ亀の化け物なども映る為《ため》、そんな時は素直に驚いたりしている。

だが、正直に言えばもう見るのも嫌になってきたところだ。

「……何も無いなぁ」

東西南北をざっと眺めてから、画面に触れて遠視カメラを格納する。

椅子から立ち上がり、Ａ１を振り返った。

「よし、城内の見回りでもしようか。その後は今日は白い家でティータイムとかしてみようかな」

そう言ってＡ１の横を通り過ぎ、エレベーターに向かう。

足音がやけに大きく響いて聞こえるほどの静寂の中、城の中を見回る。広い城内だが、これまでにも何度も見て回っている為、全て回っても二時間程度で見終わってしまう。

そして、外に出て白い家の並ぶ傾斜をゆったりと降りていく。

緩い階段を降りて白い家の並ぶ石畳の道を歩く。景色は間違いなく絶景だろう。汚れ一つ無い白い家の並ぶ美しい町並みと、下には雲が浮かぶ青空が何処《どこ》までも広がっている。

そんな絶景と共に、白い家の一つを選んで窓際で紅茶を楽しむ。

こんな贅沢《ぜいたく》があるだろうか。時間は無限にあり、いつまでもゆったりと空を眺めていられる。

「……ふぅ」

ティーカップを置き、目を細める。

家の中に入れないＡ１は窓の外に立ち、こちらに背を向けて大空を眺めていた。

景色に文句など無いし、紅茶も美味しい。地味に、白い家のテーブルと椅子も使い心地が良いのが素晴らしい。

しかし、虚しい。

どうしようも無く、空虚な気持ちになる。

何でもある快適な城に住み、毎日好きなことをしていて良いというのに、大事な何かが足りず楽しく過ごせないでいる。

いや、何が足りないのかは分かっているのだ。

「…………誰かと、話がしたい」

人と会いたい。誰かと会話をしたい。

今ならば、断言出来るだろう。この世には様々な苦痛があるが、何よりも辛《つら》いのは孤独なのだ。

「誰か……」

そう呟き、俺は溜《た》め息《いき》を吐いた。

◇◇◇

「どうしたのですか、タイキ様」

そう言われ、俺は顔を上げる。

目の前には、自ら調理したオムライスを食べるエイラの姿があった。見事な赤い髪を一まとめにして背中に流し、愛らしい顔を斜めに傾けてこちらを見ている。

「……ん？　なんでもないよ」

そう言って笑い、エイラの作ったオムライスにスプーンを差し込んだ。

「いただきます」

口に運ぶと、卵の甘みとケチャップの甘さ、酸味が口の中で混ざり合う。が、ちょっと辛過ぎるのと、卵の中に混じった細かな卵の殻が惜しいところである。

だが、誰かと食べる食事は何よりも贅沢なものだ。

「……美味しいね」

そう呟くと、エイラは嬉《うれ》しそうな顔になってオムライスを口に運ぶ。

そして、眉根を寄せる。

「……す、すみません。ちょっと味付けが……あ、殻まで!?」

慌てるエイラに微笑《ほほえ》み、首を左右に振る。

「エイラが作ってくれた料理が、不味《まず》いわけが無い。確かに少し濃いかもしれないけど、本当に美味しいよ。まぁ、エイラと一緒に食事しているから美味しいのかもしれないけれどね」

そう言って笑いかけると、何故かエイラが固まってしまった。

目を丸くし、眉を上げてジッとこちらを見ている。まるで映像を一時停止にしたかのような完全停止だ。

「……どうしたの?」

そう尋ねると、エイラはハッと顔を上げて目を瞬かせ、すぐに手元にある自分のオムライスに目を向けた。

「あ、あり、ありがとうございます……」

消え入るような声で感謝され、俺は首を捻《ひね》る。

本当に、心から思ったことを口にしたのだが、変だっただろうか。

料理を失敗して恥ずかしいと感じているのか、耳まで真っ赤になってこちらをチラチラと見てくるエイラに笑い、俺はまた食事を再開した。

ちょっと前までは考えられないような、本当に美味しい食事だった。

「……幸せだねぇ、Ａ１」

そう言って相棒を見ると、相棒は無言でこちらを見た。

番外編　ラントとＡ１

Heavenly Castle

トレーネ達《たち》と共にラントが飛行島に移住して早一週間が経過した頃。

ラントが畑でトウモロコシを収穫していると、遠くの方に大きな人影が動いていることに気が付いた。トウモロコシの入った籠を地面に下ろし、そちらに目を向ける。

すると、それがＡ１であると知れた。

「タイキ様のゴーレム……一体だけで動いているのは珍しいな」

ラントはそう口にすると、周りを確認してからＡ１の方へと歩いていく。畑でもある庭園の階段状の列の中をトレーネやシュネーも歩き回って作業しているが、ラントが庭園から出ていくのには気が付かなかった。

丘の上の並木道を歩いていくＡ１に、ラントは何故《なぜ》かそっと後を尾行するように静かに付いていく。

Ａ１の背後に近付いていくと、Ａ１が実はエイラのすぐ後ろを歩いているのだと気付く。

「ああ、エイラ様と一緒にいるのか。タイキ様のゴーレムなのに、まるでエイラ様の従者みたいだな」

ラントはそう呟《つぶや》き、ふと、何かに気付いたように顔を上げた。

「……エイラ様の従者？　いや、あながち……」

顎を指でなぞりながらそう口にすると、暫《しばら》くＡ１とエイラの背中を眺める。

「もしや、エイラ様はタイキ様に弟子入りした魔術師なのでは……？」

そんな推測を口にし、ラントはエイラ達の後を追った。

すると、途中でＡ１だけが足を止め、エイラは坂の下に下っていく。

場所は城の裏側に回ったところ、島の北部である。

エイラは一人で坂道を軽い足取りで下っていき、並ぶ施設の中に入る。そこにはメーアの巣があった。

「……タイキ様の城の清掃をしている筈《はず》のメーアがなんで此処《ここ》に？」

ラントはそう言って、Ａ１の隣に立った。

Ａ１を見上げてみるが、Ａ１は丘の下で話をするエイラとメーアの二人を眺めていてラントに気付いた様子も無い。

微動だにせずに仁王立ちするＡ１を、ラントは下から上まで眺める。

他のゴーレムと比べると細過ぎるほどのスマートな体形で、鎧《よろい》や武具を一切装着しておらず、丸みのある頭や手足などを見ると、人がそのまま大きくなったような外見である。

だが、その身体《からだ》は金属の光を放ち、大きさも明らかに人間のサイズでは無い。

「……このゴーレムはいったいどれだけの強さを持っているのだろうか。ゴーレムを倒すには一般的な魔術師が数名は必要というが……」

そう言って、Ａ１を眺める。静かに佇《たたず》むＡ１の横顔を見て何を思ったのか、ラントはぶるりと肩を震わせた。

「……ゴーレムを見たことはあまり無いが、恐らく、尋常なゴーレムでは無いのだろうな」

そう口にすると、Ａ１が応えるように顔をラントに向けた。

思わず背筋を伸ばすラントだったが、Ａ１は緊張するラントから視線を外し、またエイラとメーアの二人に視線を移す。

ラントはそれにホッとしたように息を吐き、エイラ達に目を向けた。

「二人を見守ってくれているんだな」

そう言って、エイラとメーアの二人が笑って話しているのを見て、苦笑する。

「……エイラ様を見守っているのかもしれないが、出来たら、メーアのことも見守ってやってくれよ」

ラントがそう言ってＡ１を振り向くと、Ａ１はもうラントを見ていなかった。エイラ達を静かに見下ろすＡ１に笑い、首を左右に振る。

「大魔術師様のゴーレムとはいえ、俺は何を言っているんだか」

自嘲気味に笑ってＡ１に背を向け、ラントは南側の庭園に向かって歩き出した。

庭園に戻ると、トレーネとシュネーがラントの置いていった籠の周りに立っている。

「あ、ラント！」

シュネーが声を上げると、ラントは片手を振ってそちらへと歩いていく。

「何処《どこ》に行っていたんだ？」

シュネーが少し怒ったような口調でそう尋ねると、ラントは苦笑しながら肩を竦《すく》めた。

「ちょっと散歩してきた」

ラントが誤魔化すと、シュネーは呆《あき》れ顔になり、トレーネの目が鈍く光る。

「……いくら大して忙しく無いとはいっても、与えられた仕事はしっかりとこなしましょうね？　ほら、収穫は出来たんだから、今日は家の掃除をしましょうね」

「わ、分かった」

声量はそうでも無いが、妙に威圧感があるトレーネの声に、ラントは若干引き気味でそう返事をした。

「ああ、今日は西側だったかな？」

シュネーは苦笑いをしながらそう聞き、平常時に戻ったトレーネが笑顔で頷《うなず》く。

「ええ、そうね。西側の家の三分の一くらいは綺麗《きれい》に出来ると良いわね」

「さ、三分の一？　ちょっと多いんじゃ……」

「え？」

ラントが不平を口にしかけたが、トレーネの目が向いた瞬間口をつぐんだ。蛇に睨《にら》まれたカエル状態のラントに笑い、シュネーが口を開く。

「ははは。諦めなよ、ラント。散歩してた分バッチリ働けば良いんじゃない？」

シュネーの言葉にラントが肩を落とすと、トレーネが笑った。

三人は笑いながら収穫した作物を手に城へと持っていく。

ラントが先頭になって坂道を上がっていくと、前方に大きな人影が立っているのが見えた。

「タイキ様のゴーレム……？」

そう呟いて顔を上げると、丘の上に立つＡ１が両肩に何か乗せていることに気が付き、目を丸くした。

Ａ１の右肩にはエイラが座っており、左肩にはメーアが座っていたのだ。

二人は丸いＡ１の頭にしがみ付いて笑っている。

「ちょ、ちょっと怖いですね」

「面白いっ」

ラントは困ったように笑うエイラと、耳をピコピコと動かして喜ぶメーアを見て破顔した。

「……二人を見守っていると教えてくれているのか」

そう呟き、ラントはＡ１に向かって片手を挙げて振った。

「タイキ様のゴーレムが遊んでくれているの？」

「ゴーレムってそんなことも出来るのね」

背中越しにトレーネとシュネーのそんな言葉を聞き、ラントは吹き出すように笑う。

「大魔術師のタイキ様のゴーレムだからな。俺達の言っていることも理解してるんだよ」

ラントがそう言うと、トレーネとシュネーは目を丸くして顔を見合わせた。

「……それは流石《さすが》に」

「ねぇ？」

懐疑的な雰囲気を出す二人に、ラントは肩を揺すって笑った。

「本当だよ」

ラントはそう言って、また笑ったのだった。

番外編　バルトの孤独とメーア

Heavenly Castle

青い空と白い雲を割るように、山が雄大に聳《そび》え立つ。我ら一族が崇《あが》める神聖な山だ。麓には山を護《まも》る深い森が続き、その森の一部を借り受けて我々は住ませてもらっている。

故に、我らは我らを生かしてくれるこの森を親や先祖と同様に大切にしているのだ。ただ、森は我らを生かすが、厳しい面も持ち合わせている。

我々と同じように恐ろしい魔獣をも住まわせていることだ。森から出てくることは殆《ほとん》ど無いが、魔獣は強大であり、獰猛《どうもう》である。まともに戦えば我らなぞ一瞬で根絶やしとなるだろう。

しかし、不思議と先祖が護ってきた祠《ほこら》の周囲には魔獣は現れなかった。我らの先祖はこの祠があるから、凶暴な魔獣が森の外へと出てこないのだと判断した。

この祠を護り、この森で生きていく。

いつしか、これが我らの一族の掟《おきて》となっていた。

その役目に文句など無い。その役目を疑ったことも無いのだ。

だが、今の私には役目も掟も、何処《どこ》か虚《むな》しいように思えてしまう。

「……メーア」

私は小さく娘の名を呟《つぶや》き、鼻をすすった。気を抜くと目から涙がこぼれそうになる。

「何故《なぜ》、戻らなかったんだ……」

そう呟くと、背後から深い溜《た》め息《いき》が聞こえてきた。振り向くとそこには長老の姿があり、こちらを憐憫《れんびん》の目で見つめてきている。

「長老」

「バルト」

名を呼び合い、向き合う。長老は再度溜め息を吐《つ》くと、私を見上げた。

「……バルトよ。もう諦めよ。あのくらいの年頃の娘は、往々にして父親を嫌がるのだ。臭い、汚い、煩い。そう言われるのが普通であろう」

「ぐっ」

長老の発言に私の心は大きく傷ついた。胸の上に手を当てて呻《うめ》いていると、長老は首を左右に振って鼻から息を吐く。

「大魔術師様が、わざわざお前なんぞを気にしてまた此処《ここ》に来てくださると言っていたでは無いか。大きく構えてドッシリと座っておれ」

「ぬぅ」

長老に言われて、私は口を曲げて目を細める。

「……私の我《わ》が儘《まま》でああ言ったのでは無い。メーアが父に会えずに寂しい思いをするだろうと配慮したのだ。メーアはまだ大人では無いからな」

「もう来月には成人じゃろうが」

「後一ヶ月もあるじゃないか」

長老が溜め息を吐いた。私の方が溜め息を吐きたいというのに。

「まず無いとは思うが、メーアがもし大魔術師様と婚姻を結ぶようなことがあったらどうする気じゃ？　本当に帰ってこなくなるぞ」

「そ、そそ、そんなことはあり得ない！　メーアは確かに可愛《かわい》いが、流石《さすが》に大魔術師様の目に留まることはあるまい。あ、それに大魔術師様には既に美しい側女《そばめ》が……」

「別に嫁が一人しか取れんとは限るまい」

「ぬぐっ」

タイキ殿は重婚が可能な国出身なのだろうか。恐ろしい話だ。あんなに優しく、大人しそうな顔をしているのに、赤い髪の美少女だけでなくメーアまで……。

頭の中に広がる想像に歯を噛《か》み鳴らしていると、長老が鼻を鳴らして笑った。

「それに、近くにはトレーネがいるのじゃからな。ごりごりメーアを推して婚姻にこじつける可能性は十分にある。ほら、いつも言っていたでは無いか。メーアには外に住む、良い相手を見つけたいと……」

「そんな理由で大魔術師を選ぶ母親がいるか」

長老のとんでもない予測に肩を落とす。呆《あき》れた話だ。伝説に出てくる大魔術師様に自分の娘を結婚相手に推すなど、恐れ多いことこの上ない。

「トレーネは強い娘だ。大魔術師様相手でも引かないかもしれん。だが、もし大魔術師様に一族の娘を嫁がせることが出来たら凄《すご》いことじゃぞ。大魔術師様と縁が生まれるのじゃからな。いざという時、大魔術師様に頼ることも出来るかもしれん」

「そんな理由でメーアを嫁に出せるわけが無い」

文句を言ってから、ふと考える。

今、メーアは初めて父と離れて暮らしている。これは、かなり寂しい思いをしているに違いない。

もしかしたら、夜な夜な泣いているのでは無いだろうか。

「……メーア。もう暫《しば》くの辛抱だぞ。父にまた会えるからな」

私は空を見上げ、静かにそう呟いたのだった。

◇◇◇

猫耳をピコンと動かし、メーアが顔を上げる。何処までも広がる青空を見上げるメーアに、エイラが首を傾《かし》げる。

「どうかしましたか？」

そう聞かれ、メーアは尻尾を揺らした。

「うん。お空の上にいるけど、この上って何があるんだろうって思って」

メーアにそう言われ、エイラも思わず空を眺める。薄《う》っすらと青い月が二つ見える空に、眉を顰《ひそ》めて口を開いた。

「空の上……考えたこともありませんでしたね。空に浮かぶ島があったのですから、もしかしたら、この空よりも高いところに……」

二人は暫く空を眺め、不意にエイラが視線を戻す。

「そういえば、タイキ様が新しい料理を食べさせてくれるって仰《おつしや》ってましたよ」

「え!?」

メーアの猫耳がピコピコと動いた。エイラはそれに微笑《ほほえ》み、頷《うなず》く。

「はい。今ちょうど作っていらっしゃるようですよ。確か、醬油《しようゆ》ラーメンというものに挑戦していると……」

「しょうゆらぁめん?」

目をキラキラさせるメーア。

「本当はとても美味《おい》しいらしいのですが、タイキ様は初めて作られるみたいで……あまり期待はしないように、と」

「大丈夫。今までタイキ様の料理は全て美味しかった」

「そうですね。私も楽しみにしておきましょう」

二人はそう言って笑い合い、天空の城へと歩いていく。

「そういえば、もう少ししたらお父様に会えるのではありませんか？」

「え？」

メーアの足取りは軽く、頭の中にはラーメンのことしかなかった。

番外編　島の不思議

Heavenly Castle

風の強い日だった。それは空を流れる雲の速さを見れば分かるほどである。

その光景を、エイラは不思議そうに眺めていた。

エイラは飛行島の小高い丘の上にある並木道の中にいた。左右に等間隔に並ぶ大きな木々を見上げ、首を傾《かし》げる。

「タイキ様。どうしてこの木は葉が揺れないのでしょう？」

そう言って隣を見ると、そこには眠そうな顔で木に寄り掛かって座るタイキの姿があった。地面の上にはぶ厚い布製の絨毯《じゅうたん》が敷かれており、タイキはその上であぐらを掻《か》いて座っている。タイキの前には琥珀色《こはくいろ》の液体の入った透明のガラス瓶や、クッキーらしき焼き菓子が載った皿が置かれていた。

名を呼ばれたタイキは、ぼんやりとした目をエイラに向ける。

「え？　ごめん、半分寝ていたみたいだ」

タイキが間延びした声でそう言うと、エイラは小さく笑ってすぐ隣に腰を下ろした。

「遠くを流れる雲は、今日は随分速く動いているように思います」

「ん？　ああ、そうだね。風が強いみたいだ」

タイキの返事を聞き、エイラは頷《うなず》く。

「はい。ですが、雲と同じ高さにいる私達《たち》は風を殆《ほとん》ど受けないのが不思議で……木を見上げてみても、葉っぱの一つも揺れていません」

エイラがそう言って顔を上げると、タイキも釣られるように顔を上げた。

大きく枝を広げた木々は疎《まば》らに陽《ひ》の光を降らせてはいるが、殆ど葉は揺れていない。タイキは軽く指を舐《な》めてピンと立て、動きを止めた。

「……微妙に風はあるよ。そよ風だね」

「そういう意味ではありません」

口を尖《とが》らせたエイラに、タイキは苦笑して頷いた。

「冗談だよ。ごめん、ごめん」

そう言ってタイキは立ち上がり、大空を軽く見回した。そして、目当てのものを発見して指差す。

「あそこにワイバーンがいるのが見える？」

「あ、本当ですね。しかも大型……」

タイキの言葉に頷き、エイラは僅かに表情を硬くした。二人の視線の先には、暗い色合いの大きな鳥のような影があった。巨大なトカゲにも似た姿形だが、尾が長く細かな棘《とげ》がビッシリと生えている。なにより明らかにトカゲと違う点は、その背中に大きな翼が生えていることだった。

飛竜種と呼ばれるドラゴンの一種である。

「ワイバーンがココに向かって飛んできたら、島の手前で弾《はじ》かれたの覚えてる？」

「あ、はい。覚えていますよ」

「あれは島全体を覆うバリアー……いや、一種の結界になってるんだけど、風とか色々なものを防いでくれているんだよ」

「あの白い膜のようなものが……あれ？　風以外にも？」

エイラが首を傾げると、タイキは曖昧に笑いながら頷いた。

「うん、何故《なぜ》かやたらと高機能でね。自動運転中は雲を避けるから雨は関係無いとしても、ジェット気流に乗ってしまった気合の入った花粉とか、宇宙線、紫外線みたいな有害な光線も防いでくれるね。ちなみに結界内も空気を清浄化してるし、大気から水分を抽出して更にろ過してるから不純物の少ない水が手に入るよ。色々と便利な島だよね」

タイキのその説明に、エイラは目を瞬かせて固まった。

「……も、申し訳ありません。タイキ様の言葉の殆ど意味が分からず……」

そして、落ち込んだ。

エイラの凹《へこ》む様子を見て、タイキは苦笑して手を振る。

「いやいや、ごめんね。分からなくて当たり前なんだよ。まぁ、とりあえず色々と凄《すご》い結界と島なんだって思ってくれたら良いさ」

そう言うと、エイラは何とも言えない顔で首肯する。

「勉強して少しでもタイキ様の言葉が理解出来るように努力したいと思います」

生真面目なエイラの返事に乾いた笑いを返し、タイキはその場で両手を上げて伸びをした。

「ふぁ……眠いね。そろそろ戻ろうか」

タイキがそう言うと、エイラはハッとした顔になってテキパキと片付けを始めた。その様子を見てタイキも片付けを手伝い、顔を横に向ける。

「Ａ１」

タイキの呼びかけに、木の陰に隠れるようにして立っていたロボットが姿を現した。

「荷物を持っておくれ」

タイキがそう言うと、Ａ１は無言でしゃがみこみ、エイラが纏《まと》めた荷物を両手で持って立ち上がった。

「ありがとうございます」

エイラが礼を言い、Ａ１を見上げる。タイキはそれを見て笑い、Ａ１の背を叩《たた》いた。

「それじゃ、帰ろうか」

◇◇◇

後日、島の中を歩くエイラとメーアの姿があった。

先頭を歩くエイラに、メーアが微妙な顔で問いかける。

「何処《どこ》に行くの？」

「勉強ですよ、メーアちゃん」

「勉強？」

首を傾げるメーアに、エイラはしたり顔で頷く。

「そうですよ。私達はタイキ様に仕えるのですから、出来るだけこの島や城のことに詳しくならないといけません。ただ、一人で勉強するのは心細いので、一緒に行ってくださいね」

「……それは良いけど、何処に？」

少し不安そうに眉を顰《ひそ》めたメーアに、エイラは前方を指し示した。

そこは島の北側。温水プールと様々な設備が並ぶ区画である。

薄い水色に見える温水プールの手前には白い壁の建物が幾つも並び、空の青と雲の白によるコントラストに良く調和している。

二人はなだらかな階段を降りていき、まずは一番手前の建物の前に立った。

「ここは調味料を作る場所ですね」

「うん、その隣は製麺所だよ」

二人は一つ一つ建物を確認しながら歩いていく。

「こっちは何？」

「食用油などだったかと……むむ、あまり来ていないので曖昧ですね」

「入ってみる？」

メーアがそう提案すると、エイラは頷いて入り口の前に立った。すると自動扉が音も無く開き、照明に照らされた屋内が眼前に広がる。

正面の壁側には大きな箱型の設備が二つあり、片方は上に穴が開いていた。そしてもう片方には蛇口がある。床は格子状になっており、油をこぼしてしまっても問題が無いようになっていた。

「えっと、こちらに材料を入れて、あちらで油を抽出する……」

「やったこと無いから分からない」

エイラが設備を眺めながら使い方を確認すると、メーアも興味深そうに設備を見ていた。二人で空の容器が並んだ棚や油の原料の写真などを確認していく。

「この、緑色の種はオリーブオイルの種でしたか？」

「こっちの白い実じゃないかな？」

二人は暫《しばら》く考えて、写真の下に文字が書かれていることに気が付く。文字は日本語であり、二人は読むことが出来ないようだった。

「……魔術刻印が刻まれているのでしょうか」

「魔術刻印？」

エイラの言葉にメーアが頭の上に疑問符を浮かべた。

「国宝級の古《いにしえ》のマジックアイテムには魔術刻印と呼ばれる文字が彫られているのです。この文字が彫られている装備品や装飾品は様々な特殊効果を発揮します」

エイラがそう答えると、メーアは目を見張って文字を見た。

「じゃあ、この魔術刻印がこの設備を動かしてる……？」

「恐らく……」

そう呟《つぶや》き、二人は神妙な顔でサラダ油の材料の羅列を眺め続けたのだった。

食用油製造施設を出た二人は他の設備を見て回っていき、順番に確認していく。

「これが塩、砂糖、ミソ……」

「ミソ？」

「あれですよ。あの、ミソスープの材料です」

「あ、好き」

楽しそうに笑う二人は、そんなやり取りをしながら次々と設備を見て回る。

しかし、ある施設の前に立ち、エイラがピタリと動きを止めた。メーアはそれに気が付いて同じように足を止め、エイラの顔を覗《のぞ》きこむ。

「ん？」

不思議そうにエイラを見て、次に建物を見る。

「あ、お肉の……」

エイラが止まった理由に気が付いたメーアがそう呟くと、エイラはぐっと唇を一文字に引き結んだ。そして、顔を上げる。

「……入ってみましょうか。タイキ様には明確に止めろとは言われていませんし……」

「え？」

エイラの言葉にメーアが不安そうに眉根を寄せた。

「あまり、見ない方が良いと言われていましたが、見るなとは言われていないでしょう？」

「う、うん……」

何を想像しているのか、二人はどちらともなく手を取り合って建物の正面に立った。

音も無く、扉が開く。

「……こ、これは」

「お、にく？」

二人は目の前に広がる景色に目を見開いた。

巨大な水槽のようなものがあり、何らかの液体で満たされたその中で赤黒い物体がゴロゴロと転がっている。

その様子は何処か不気味であり、ぼこぼこという水の音だけが響いていた。

肉らしき赤黒い物体は徐々に大きくなっていき、網に引っかかった肉は次の設備へと運ばれていく。

「……あのお肉は、私達が食べてるお肉？　動物の肉じゃないの？」

「ど、どうなのでしょう……？　まさか、あの水の中で肉だけが生み出されているわけでは無いと思いますが……」

そのまま二人は暫く肉が出来ていく様子を眺め、静かにその場を後にしたのだった。

◇◇◇

「あれ？　食べないの？」

タイキがそう言うと、エイラとメーアは顔を見合わせた。

「あ、いえ、その……」

「……おにく……」

エイラは慌てて何か言おうとし、メーアは小さくそう呟いてテーブルの上の皿を見る。皿の上には串に刺さった肉と野菜が幾つも並んでいる。

二人が肉を食べないことに気が付いたトレーネも、不思議そうに首を傾げる。

「珍しいわね。メーアはお肉大好きなのに」

トレーネのそんな言葉に、シュネーとラントは串を手に持って肉に噛《かぶ》り付き、二人を見つめて頷いた。

「確かに」

「美味《うま》いぞ、メーア。エイラ様も」

喋《しゃべ》りながらガツガツと肉を食べるラントにメーアの目が細くなる。

「ラント、なんか汚い」

「汚い!?」

メーアの発言にラントがショックを受けていると、エイラが苦笑しながら肉を見下ろし、タイキに視線を移した。

「タイキ様、こちらはちなみに……」

「ん？　バーベキューのつもりだったけど、ただの牛肉の串焼きになっちゃったね。ステーキソースにした方が良かったかな？」

「あ、いえ……」

申し訳なさそうにそう言われ、エイラは浅く呼吸をして皿に向き直る。

「……いただきます」

エイラはそう口にして肉を一口食べ、微笑《ほほえ》んだ。

「……美味《おい》しいです、タイキ様」

「そうか。それは良かったよ」

エイラが肉を食べて微笑むのを見て、タイキはホッと胸を撫《な》で下ろしたのだった。

しかし、その隣ではいまだに肉を口に出来ないでいるメーアが険しい顔で肉を睨《にら》み続けていた。

あとがき

本作を手に取っていただいた皆様、本当にありがとうございます。井上《いのうえ》みつるです！
わたくし事で大変申し訳ありませんが、なんと、この作品で3シリーズ目です！　嬉《うれ》しくて朝日を見る度に涙が頬を伝っております。『最強ギルドマスターの一週間建国記』、『社畜ダンジョンマスターの食堂経営』を読んでくださった皆様には毎日鬱陶しいほどの愛を御贈《おおく》りしておりますので、本作を手にとってくださった貴方《あなた》にも惜しみない愛を御贈りさせていただきます。尚《なお》、受け取り拒否は出来ませんので悪《あ》しからず。

本作『天空の城をもらったので異世界で楽しく遊びたい』では、井上みつる的なスローライフを目指して書かせていただきました。俗世から離れ、なおかつ好きな場所へ行くことが出来る快適なお城生活……これほどのスローライフはまずあるまい。そんな発想のもと今も楽しく書かせていただいております。

新しい話を書くのは楽しく、傍目《はため》からは少々危険な人物に見られるかもしれないほどテンションが上がりました。しかし、気が付けば戦争に関与してしまう始末……申し開きのほどもありません。熱中して書いているだけに作品について語り出したら止まりませんので、そろそろ真面目に後書きを書かせていただきます。

まずは、この本の制作に関わってくださった方に感謝の祈りと舞いを捧《ささ》げさせていただきます。

更に、素晴らしいイラストを提供してくださった平井《ひらい》ゆづき様。可愛《かわい》らしいキャラクター達《たち》や、わたくしの想像の中の天空の城を描いてくださった平井ゆづき様には本当に感謝しております。この原稿を何度も何度も読んで一緒に悩んでくださる担当編集のH様、大変ご迷惑をお掛けしております。いつも本当に助かっております。株式会社オーバーラップの皆様、校正の鷗来堂《おうらいどう》様、各書店の皆様、この本に関わってくださった全ての皆様に感謝を致します。

そして、読んでくださった貴方には最大級の感謝を。本当にありがとうございます。

井上　みつる

OVERLAP NOVELS

天空の城をもらったので異世界で楽しく遊びたい 1

発行　2018年10月25日　初版第一刷発行

著者　井上みつる
イラスト　平井ゆづき
発行者　永田勝治
発行所　株式会社オーバーラップ
〒150-0013
東京都渋谷区恵比寿1-23-13
校正・DTP　株式会社鷗来堂
印刷・製本　大日本印刷株式会社

ISBN 978-4-86554-407-7 C0093

【オーバーラップ　カスタマーサポート】
電話　03-6219-0850
受付時間　10時〜18時（土日祝日をのぞく）

作品のご感想、ファンレターをお待ちしています

あて先：〒150-0013　東京都渋谷区恵比寿 1-23-13 アルカイビル4階　オーバーラップ編集部
「井上みつる」先生係／「平井ゆづき」先生係

スマホ、PCからWEBアンケートにご協力ください

アンケートにご協力いただいた方には、下記スペシャルコンテンツをプレゼントします。
★本書イラストの「無料壁紙」　★毎月10名様に抽選で「図書カード（1000円分）」

公式HPもしくは左記の二次元バーコードまたはURLよりアクセスしてください。
▶ **http://over-lap.co.jp/865544077**
※スマートフォンとPCからのアクセスにのみ対応しております。
※サイトへのアクセスや登録時に発生する通信費等はご負担ください。

オーバーラップノベルス公式HP ▶ **http://over-lap.co.jp/novels/**